붉은토끼풀이
내게로 왔다

붉은토끼풀이 내게로 왔다

초판 1쇄 인쇄 _ 2024년 1월 5일
초판 1쇄 발행 _ 2024년 1월 10일

지은이 _ 김건숙

펴낸곳 _ 바이북스
펴낸이 _ 윤옥초
책임편집 _ 김태윤
책임디자인 _ 이민영

ISBN _ 979-11-5877-368-7 03810

등록 _ 2005. 7. 12 | 제 313-2005-000148호

서울시 영등포구 선유로49길 23 아이에스비즈타워2차 1005호
편집 02)333-0812 | **마케팅** 02)333-9918 | **팩스** 02)333-9960
이메일 bybooks85@gmail.com
블로그 https://blog.naver.com/bybooks85

책값은 뒤표지에 있습니다.

책으로 아름다운 세상을 만듭니다. — 바이북스

미래를 함께 꿈꿀 작가님의 참신한 아이디어나 원고를 기다립니다.
이메일로 접수한 원고는 검토 후 연락드리겠습니다.

산책자와 400년
느티나무와의 대화

붉은토끼풀이 내게로 왔다

김건숙 > 글

문장을 품고 길을 걷다

반복하는 것을 좋아하지 않는 내가 같은 길을 2년 넘게 걷고 있다. 자연과 함께하기 때문일 것이다. 도시를 가로지르는 길이라면 한두 번 걷고 곧 흥미를 잃었을지도 모른다. 자연은 늘 변하고 새로운 모습을 보여준다. 그 속에 있으면 나도 같이 새로워진다. 길은 하루도 같은 모습을 보여주지 않는데 일주일에 한 번, 또는 2·3주 만에 가면 그 변화된 모습이 얼마나 크겠는가.

게다가 길 위로 나설 때는 빈손이 아니었다. 함께 걸을 문장을 고르고, 그것을 엽서에 써서 함께 나갔다. 문장은 일반 책뿐 아니라 그림책에서도 가져왔다. 나는 엽서를 들고 어르신 느티나무 앞으로 가 보여드리고 그에 관한 이야기를 나누었다. 신통하게도 어르신과 대화가 가능했다. 언제부턴가 어르신 느티나무는 '나의 나무'가 되어 있었다.

길을 걸은 첫날은 2021년 4월이었다. 세 번째 책이 될 원고를 정리해 출판사에 넘기고 다음 책을 구상하기 위해 나선 길이었다. 길은 총 15킬로미터 되는 동네 산책길이다. 지금은 어느 동네를 가도 그 마을을 대표하는 길이 있듯 우리 동네에도 아름다운 길이 있다. 숲과 황토로 이어진 황토십리길, 들꽃과 풀과 새들이 함께 있는 생태하천길, 강과 바다가 만나 노을 질 때면 더욱 아름다운 수변공원길, 예능 프로그램에서도 소개된 적이 있는 습지와 아름다운 풍경을 가진 갈대습지길, 봄과 여름이면 푸르른 들판이었다가 가을이면 황금빛 물결이 출렁이는 본오들판길이라는 5개 코스로 이루어진 상록오색길이다. 이름처럼 각각의 매력을 가지고 있다.

출발지점을 1코스의 막바지에 있는 구간에서 시작해 거꾸로 돈다. 그곳에 440년 된 어르신 느티나무가 있고, 아름다운 숲과 흙길이 본오들판길까지 이어지기 때문이다. 가장 매력적인 길에서 시작하면 5시간 넘게 걸리는 길(첫날은 6시간 30분 걸린)을 잘 버티고 걸을 수 있다. 무엇보다도 데리고 나간 문장으로 어르신 느티나무와 이야기 나누는 것이 가장 큰 즐거움이자 중요한 일이기 때문이다. 시간이 지날수록 느티나무 안에는 길고 하얀 수염을 달고 인자한 표정을 가진 어르신이 살아 있는 착각마저 들 정도였다.

어르신을 만나 대화를 시작해야 비로소 길 위에 발을 올려놓을 수 있었다. 1코스를 걷는 시간은 엽서에 써 간 문장을 몇 번이고 들여다보고, 헤아려보면서 곱씹는 시간이다. 첫날 걸으면서 '문장들이 몸과 마음에 무늬가 되어버릴 정도로 씹고 삼키자고' 다짐한 걸 보니 각오가 대단했다는 걸 새삼 느낀다. 한눈을 전혀 팔지 않고 걸은 것은 아니지만 어르신 느티나무와 물꼬를 튼 대화를 바탕으로 어떻게 그것을 내 삶에 스며들게 할 것인지 골똘히 생각하며 걸었다. 답이 필요한 문장이라면 더욱 마음을 집중했다. 그렇게 걷다 보면 1시간 반 정도 걸리는 1코스에서 대부분 답을 얻는다. 길을 걷는 시간은 수행이나 명상이라고도 본다.

걷기로 마음먹은 날엔 비가 오거나, 미세먼지 농도가 높거나, 차가운 바람이 불어도 그냥 나섰다. 대부분 일정이 편한 날을 잡았기 때문이다.

길을 걸으면서 나는 프로젝트를 즐기는 사람인가 생각했다. 50대 이후 어떻게 살 것인지에 대한 물음을 앞두고 1년 동안 날마다 한 권씩 책을 읽고 블로그에 리뷰까지 올리는 독서 프로젝트를 했는데 10년 정도가 지난 이때 상록오색길을 한 번 걷고는 느닷없이 문장을 들고 사계절 또는 100번을 걸어보자는 걷기 프로젝트를 시작했으니 말이다. 들고 간 내용을 음미하면서 삶이라는 체로 걸러내 나를 새롭게 탄생시키기 위한 프로젝트였다. 묘를 만들지는 않겠지만 상징적인 묘비명을 쓴다면 아래와 같은 문장이 새겨지길 기대한다.

'자기다움을 찾은 사람. 늘 새로움을 추구하며 활기찬 삶을 살다 가다'

'자기다움'도 나이에 따라 달라져야 할 것이다. 노인이 되고 80살, 90살이 되어도 그에 어울리는 삶을 살면서 계속 성장해야 한다는 말이다. 어르신 느티나무와 길이 알려준 답이다. 걸으면서 사유한 글들을 정리해보니 크게 세 가지로 정리되었다.

받아들이다
품다
넘어서다

중년의 막바지에 있는 내게 꼭 필요한 덕목이며 어르신 느티나무에게서 배운 지혜이다. '받아들이다'와 '품다'에는 '내려놓다'도 포함되어 있다. 받아들이고, 내려놓고, 품으면 비로소 나를 넘어설 수 있다는 것도 깨달았다. 이 경지에 이르면 진정으로 자유로운 사람이 될 수 있을 것이다.

이해인 수녀님이 쓰신 《수녀 새》에 이런 문장이 있다. "세상에 살아 있는 동안 새들에게 배우면 좋겠습니다. 어디에도 매이지 않는 그들의 자유로움을, 먹을 것도 꼭 필요한 양만 취하는 욕심 없음을, 그리고 먼 길도 기다렸다 함께 가는 우애와 의리를!"

2023년 새해에 내가 되고자 한 길이 바로 수녀님이 하신 말이다. 이미 자유의 존재로 거듭난 어르신 느티나무 역시 새라 할 수 있다. 동네산책길의 어르신으로부터 많은 가르침을 받았으니 얼마나 감사한지 모른다.

'붉은토끼풀이 내게로 왔다'는 본문에서 담고 있는 작은 제목으로 지난날 나를 감싸고 있던 단단한 사고와 편견의 벽을 부순다는 내용을 상징한다. 어떤 행위는 아주 사소할지라도 큰 의미를 담고 있기도 하다. 바로 이것이 그러하다. 획일적이고 이분법적인 사고체계를 다시 점검하도록 한 일이어서 제목으로 내놓았다.

살아오면서 가장 잘한 것을 꼽으라면 책과 걷기(자연)를 가까이 한 일이다. 그 둘은 나와 내 삶을 부드럽고도 강하게 만들어주었다. 고독하지만 고독하지 않으면서 나를 충만으로 채워주고 있다. 어르신 느티나무와 교감하는 일은 중년에 얻은 큰 행운이며 내 정신의 성장판을 자극받는 일이다. 그들에게서 얻은 지혜를 다른 이들에게 나누어주고 싶다. 누군가 이 책을 통해 전해 받는다면 부족한 책을 세상에 내놓는 큰 보람일 것이다.

차례

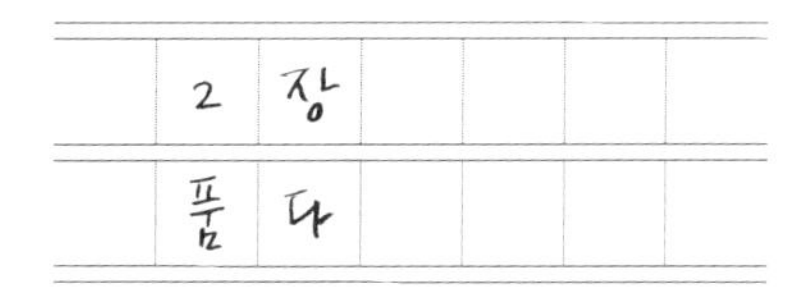
2 장
품 다

3장 넘어서다

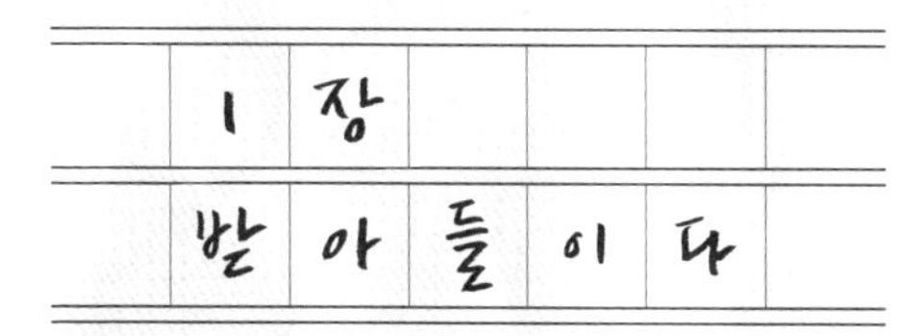

세상과 나를 수용하는 길

나도 요상한 것을 쓰고 싶지만

새로운 히트작은 '요상한 것들' 중에서 생겨난다.

우에키 노부타카, 《밀리언의 법칙》, 더난출판사

느티나무 앞에 왔더니 비가 잦아들고 있었다. 먼저 느티나무와 눈인사를 나누고 천천히 주위를 돌았다. 느티나무는 440살 넘은 보호수인데 울타리로 빙 둘러쳐져 있다. 그래서 손으로 만질 수는 없지만 속마음을 주고받는 친구에게 말하듯 조용히 내 출발을 알렸다.

한 바퀴를 돌고 나서 만들어 간 아코디언북을 꺼냈다. 앞뒤로 4면, 총 8개의 면에 한두 문장씩 써넣었다. 이것들은 길을 걸으며 답을 구하고 싶은 것이나 마음에 새기고 싶은 것들로서 화두와도 같은 것이다.

원래는 세 번째 책이 될 원고를 출판사에 막 넘긴 상태라서 다음 책에 대한 구상을 위해 상록오색길을 걷기로 했다. 그런데 걷다 보니 마음이 바뀌어 일주일에 한 번씩 걸어보자 했다. 이 길은 총 15킬로미터로 5~6시간을 걸어야 한다. 그런데 첫날인 오늘 하필 비가 오고 있었다. 나로선 대단한 각오로 시작한 것인 만큼 기대가 컸다. 그런데 일어난 뒤에야 날씨를 검색해 보니 미세먼지 농도도 매우 나쁘다고 나왔다. 그렇다고 내일로 미루고 싶지는 않았다. 적어도 1코스만이라도 걷자고 나섰다.

일기예보를 보지 않고 내 일정에 편한 날을 잡은 것이 실수였지만 우리 인생엔 예상치 못한 일들이 얼마나 많이 일어나는가. 이것저것 가리다 보면 중요한 것을 놓칠 수 있다. 무엇보다 첫날부터 계획이 무너지면 안 되겠기에 두어 시간 흔들던 갈등을 싹 지우고 나섰다. 그깟 날씨에 지고 싶지도 않았다. 그러고 나자 열심히 몸을 저어 나아가자는 굳센 의지까지 솟았다.

아코디언북의 제목이자 첫 문장으로 쓴 것은 '최고의 일과 좋은 인생'이었다. 먼저 이 문장을 읽고 느티나무 주위를 천천히 돌았다. 그러면서 내게 '최고의 일과 좋은 인생'이 무엇일지 생각했다. 돌다 보니 우중충한 하늘과는 달리 머릿속이 점점 맑아지고 있었다. 몇 바퀴를 돌고 있으니 그에 대한 답도 들려왔다.

최고의 일이란, '나를 변화시키고 성장을 도와주는 일'이다. 그리고 그것을 세상 사람들과 나누며 사는 것이다. 느티나무 옆에 있기만 해도 좋은 기운을 얻듯이 좋은 글을 써서 세상 사람들에게 전해주는 일이 그 일이다. 울타리 아래에 만발한 냉이꽃이나 연둣빛 풀들에게도 그런 내 생각을 전해주고 싶었다.

솔직히 말하면 나도 좋은 글을 넘어서서 히트작을 쓰고 싶다. 이왕이면 많은 이들에게 사랑받고 출판사에도 많은 도움이 되는 글을 쓰고 싶다. 죽기 전에 한 권이라도 책을 낸다면 소원이 없겠다고 했지만 몇 권을 내고 보니 생각이 달라졌다. 자질이 부족한 사람이 욕심을 앞세우는 것일지 모르지만 글 쓰는 사람이라면 대부분 그런 생각을 품지 않을까?

이번에 나올 책(이후 출간된《비로소 나를 만나다》)은 어떤 힘을 보여줄지 알 수 없어 긴장 상태에 있지만, 따져 보면 앞서 낸 두 책은 나름의 몫을 했다.

첫 책《책 사랑꾼 이색 서점에서 무얼 보았나?》는 교보문고의 '내일의 책'에 선정되기도 하고, 한국출판문화산업진흥원의 요청을 받아 경의중앙선 전철 안에 마련되어 있는 독서바람열차를 타고 달리는 차 안에서 하는 이색 강의도 했다. 아침독서운동본부 추천도서로 선정되기도 했으며, EBS 라디오 〈책으로 행복한 12시〉에 초대받아 2부 시간을 진행자와 함께 책 이야기로 채우기도 했다. 도쿄 진보초에 있는 한국책방 '책거리'에서 일본인들을 대상으로 북토크를 한 일도 잊을 수 없다.

두 번째 책《책 사랑꾼 그림책에서 무얼 보았나?》를 낸 뒤에는 여러 책방에서 북토크 요청을 받았고, 문화센터에서 '책 사랑꾼의 그림책 정원'이란 타이틀로 어른 대상 강의를 시작하고, 한 도서관에서는 이틀에 걸쳐 '길 위의 인문학' 강의를 했다. 그리고 또 다른 도서관에서도 특별 강연을 했다.

하지만 그런 고만고만한 글 말고 이왕이면 베스트셀러 작가가 되고 싶다. 베스트셀러라면 부러 제쳐놓던 내가 이런 생각을 다 하고 있다. 하지만 베스트셀러라고 다 그렇고 그런 책은 아니니 편견을 먼저 버려야 한다.

느티나무 앞에서 8개의 문장을 하나하나 읽으며 8바퀴를 돌고 나서는 오롯이 그 문장들만 생각하며 걷기로 했다. 다른 때처럼 사진을 찍거나 한눈팔지 말고, 그 문장들이 몸과 마음에 무늬가 되어버릴 정도로 씹고 삼키자고 말이다. 그것들은 《밀리언의 법칙》에서 뽑았다.

아코디어북만 가져간 게 아니라 《밀리언의 법칙》도 가지고 갔다. 이미 읽었고, 걸으면서 읽을 것도 아니지만 책과 한 몸이 되어 걷기 위해서였다. 등에 업고 걸으며 계속 책의 존재를 의식하면서 책의 힘을 빌리고 싶었다. 책의 힘으로 내 몸을 저어 가자 다짐했다.

1코스를 걷는 사이 점차 날이 개어 전체 구간을 다 걷기로 했다. 작은 숲길과도 같은 황토십리길을 지나 거꾸로 걸어서 들판이 보이는 5코스에 닿았다. 의자에 앉아 잠시 숨을 고르며 가방에서 책을 꺼냈다. 《밀리언의 법칙》은 8권의 밀리언셀러와 많은 베스트셀러와 스테디셀러를 낸 일본의 한 출판사 대표가 쓴 책이다. 출판인을 대상으로 한 책이지만 앞으로 책을 쓸 때 도움받을 수 있을 것 같아서 읽었다. 지금까지 읽은 여느 편집자의 책보다 가장 구체적이고 도움이 되었다.

가장 인상 깊었던 말은, “새로운 히트작은 ‘요상한 것들’ 중에서 생겨난다."라는 것이었다. 저자는 《다리 일자 벌리기》를 요상한 책으로 소개하고 있다. 제목 자체도 요상하지만 실용서임에도 실기 편 이외의 본문을 소설로 꾸민 요상한 책이라고 한다. 지금에야 우리나라에서도 그런 구성으로 만든 자기계발서가 많이 나오고 있지만 이 책이 나올 때까지만 해도 전대미문이었다고 한다.

몇 해 전 일본에 있을 때 홈쇼핑 광고를 그러한 형식으로 꾸민 것을 본 적이 있다. 이 제품이 좋으니 사라 사라 하는 천편일률적인 구성과는 달리 뇌졸중으로 쓰러진 한 연예인이 위험한 상태까지 갔다가 새싹보리를 먹고 건강해졌다는 이야기를 다큐멘터리 형식으로 잔잔하게 보여주고 있었다. 액자식 소설 같은 광고라니, 나는 거기에 훅 빠져서 홈쇼핑 광고인 줄 모르고 봤다가 나중에 보여주는 전화번호를 찍고 말았다. 비록 일본에서는 사지 못했지만 훗날 우리나라에도 새싹보리가 건강식품으로 나왔을 때 바로 샀다. 《다리 일자 벌리기》가 바로 그런 형식을 가진 책인 듯하다.

《다리 일자 벌리기》는 이외에도 과감한 표지 디자인과 광고까지 더해져 밀리언셀러로 만들어졌다고 하는데 내용이 요상한 것만은 사실인 것 같다. 몸이 유연하지 못한 저자가 어릴 때부터 양다리를 벌릴 수 있는 사람을 동경해왔다는 것부터 시작한다는 것으로 보아 일자로 벌리기에 성공한 이야기일 것이다.

지금까지 없었던 것을 선보여야 사람들의 이목을 집중시킬 수 있다. 과연 나는 '요상한 것'을 세상에 내놓을 수 있을까? 요상한 글을 쓰려면 먼저 요상한 삶을 살아야 할 것이다. 그런데 그저 평범한 사람에 지나지 않는 내가 요상한 것으로 세상을 흔들 수 있을까?

며칠 전 마곡사에 가기 위해 공주에 갔다. 터미널에서 만나기로 한 이가 늦는다고 해서 터미널 대기실 안에 있는 카페에 들어갔다. 차를 받아 책장이 있는 테이블로 갔다. 자리에 앉지도 않고 책장을 먼저 훑어보았다. 여러 책들 사이에서 빼어 든 것은 《꽃 피는 것들은 죄다 년이다》였다. 평범한 제목들 가운데 그 낯설고 센 문장이 눈길을 잡아끌었다. '요상'했기 때문이다. 그걸 보면서 나도 얌전한 문장 말고 그런 센 제목을 달아보고 싶다는 생각을 했다. 그러나 동시에 자신 없음을 인정하지 않을 수 없었다. 나를 감싸고 있는 갑옷을 벗어 던지지 않는 한 저런 제목을 달 용기가 나지 않을 것이기 때문이다.

'요상한 것'이라는 말은 걷는 내내 나를 따라붙었다. 여덟 문장 가운데 가장 강하고 가장 끈질긴 놈으로 내가 걸어갈 길바닥에서부터 내 어깨와 바짓가랑이에까지 달라붙었다. 나는 속으로 외쳤다. '나도 요상한 걸 쓰고 싶단 말이야. 하지만 난 보다시피 요상한 사람이 될 자신은 없단 말이야.'

그런데 그 끈질긴 놈이 한참 뒤에 입을 열었다. 요상한 것만이 히트작이 되는 것은 아니며 잔잔한 울림으로 감동을 주는 책도 히트작이 될 수 있다고 말이다. 《밀리언의 법칙》에서도 '좋은 콘텐츠는 힘든 인생에 다가간다.'면서 그런 책 역시 히트작이 될 수 있다고 한다. 그렇다 해도 할 수만 있으면 제목만이라도 요상하게 쓸 수 있으면 좋지 않겠는가. 그건 노력해볼 수 있을 것 같았다.

4코스에 접어들면서 어깨와 허리, 종아리가 점점 아파와서 더 이상은 화두를 떠올리기가 어려웠다. 어서 빨리 집에 돌아가 소파에 벌렁 눕고 싶다는 생각밖에 없었다. 중간에 버스를 탈 수도 있었지만 그래도 내 두 발로 내 몸을 저어가겠다는 생각은 버리지 않았다.

힘들고 지루한 마지막 코스를 다 걷고 났을 때는 5시간이 지나 있었다. 문장들의 힘에 기대어, 문장들의 힘으로 나를 저어 매듭을 짓고 나자 뿌듯함이 밀려왔다. 앞으로도 길 위에서 글쓰기의 나날과 좋은 인생을 살기 위한 해법들을 하나하나 찾아보련다. 상록오색길을 문장과 함께 걷는 것도 조금은 특별한 것이 될 수도 있고, 좋은 콘텐츠가 될 수 있을 것이란 믿음이 첫 순례길(?)을 잘 마무리해주었다.

어르신 느티나무님, 당신은 누구입니까?

나더러 어쩌란 말이야?
나는 고양이야.
고양이라고!

사노 요코, 《나는 고양이라고!》, 시공주니어

어떤 순간에도 자신은 고양이라고 꿋꿋하게 외치는 고양이가 있다. 유난히 고등어를 좋아하는 고양이인데, 사노 요코의 그림책 《나는 고양이라고!》에 나오는 주인공이다. 어느 정도인가 하면 낮에도 고등어를 먹어놓고는, "오늘 저녁엔 오랜만에 고등어를 먹어볼까?" 한다. 그러니 그날 아침에도, 전날에도 고등어를 먹었을 가능성이 높다.

고양이는 숲을 산책하면서도 내내 고등어 생각뿐이다. 그런데 툭, 하고 모자에 뭔가가 떨어졌다. 다름 아닌 고등어였다. 그럴 리 없다고 고개를 흔들며 뒤돌아본 고양이가 깜짝 놀란다. 고등어들이 떼로 몰려오면서 자신을 공격해오고 있었기 때문이다.

고등어들은 입을 크게 벌리고, "네가 고등어를 먹었지?"라고 노래 부르며 고양이를 계속 쫓아왔다. 그런 속에서도 고양이는 "당연하잖아? 나는 고양이라고!" 하면서 시내로 도망친다. 지친 고양이가 쉬고 싶어서 영화관으로 들어가 한숨을 돌리는데 이게 웬일인가. 의자에 앉아 있는 것도 모두 고등어였다.

겁에 질린 고양이는 다시 숲속으로 뛰어간다. 그러면서도 "나는 고양이야! 고양이라고!"를 여전히 반복한다. 다음엔 커다란 나무 기둥을 붙들고 이렇게 외친다.

나더러 어쩌란 말이야?
나는 고양이야.
고양이라고!

그 정도면 고등어는 이제 안 먹겠다고 할 법도 하건만, 고양이는 숨을 헉헉대며 절규하듯 그리 외쳐댄 것이다. 그러고 났는데 숲이 예전 상태로 되돌아왔다. 그러자 고양이는 벌떡 일어나 이렇게 말한다.

"그럼, 오늘 저녁엔 오랜만에 고등어를 먹어볼까?"

극한 상황에서도 자신의 정체성을 버리지 않는 고양이, 그 정도로 고등어가 좋은 것인지, 아니면 의지가 강한 것인지 헷갈리지만 단호한 고양이의 말이 나를 찌르고 흔들었다. 나라면 아무리 좋아하는 것일지라도 그런 상황에선 타협하거나 포기하고 말 것이다. 비슷한 삼치를 먹으면 되잖은가. 하지만 고양이는 확고했다. 자신은 생선을 먹어야 하는 고양이이고, 그 중 고등어를 먹을 것이라고.

그동안 살아오면서 나를 소개해야 하는 자리가 적지 않았는데 과연 나는 나를 누구라고 말했던가.

책 블로그를 하고 있어서 이미지 사진을 올려야 되는데, 아무리 책 사진이어도 이왕이면 잘 찍고 싶어서 배우기로 했습니다.

사진 아카데미에서

20여 년 전에 TV에서 우연히 명창을 주인공으로 한 휴먼 드라마를 보았습니다. 처음 들은 판소리가 제 가슴을 크게 울려서 언젠가는 꼭 배우고 싶었습니다.

판소리 교실에서

오랫동안 청소년 대상으로 사고력 독서 관련 일을 했습니다. 그런데 다른 장르보다 그림책에 가장 큰 매력을 느꼈습니다. 중년이 되면 그림책으로 성인을 만나고 싶었습니다. 심리에도 관심이 많아 검색하던 중 이 강의가 눈에 띄어 신청하게 되었습니다.

그림책 심리학 강의실에서

신영복 선생의 저서를 읽으면서 선생의 사상에 깊은 감화를 받고 혹시 일반인들도 들을 수 있는 강의가 있을까 해서 선생이 재직하신 학교 홈페이지에 들어가 보았습니다. 그런데 문화대학원의 커리큘럼이 제 관심을 끌어 입학하게 되었습니다.

성공회대학교 문화대학원 MT에서

판소리를 배우면서 발림이 필요하다는 것을 알았습니다.

그래서 무용을 배워야겠다는 생각이 들었습니다.

한국무용 교실에서

대략 5가지만 적어보았는데 배우는 걸 좋아하다 보니 주로 강의실이나 교실에서 말한 것들이다. 나란 사람은 하나지만 나를 소개하는 내용은 장소마다 이렇듯 다르다. 그런데 나를 명확하게 드러내기보다는 신청 사유에 대한 것들이다. 물론 다 관심이 있고 좋아하는 것이라는 것을 말하고는 있지만 말이다.

이제는 장소에 따라 달라지는 정체성 말고 오롯이 내 삶 앞에서 나란 사람이 누구인지, 어떤 사람으로 살고 싶은지 다시 짚어보기로 했다. 나도 고양이처럼 망설이지 않고 지체 없이 명확하게 말할 수 있을까?

수많은 고등어 떼에게 습격당하는 그림을 보면서, 만약 내가 고양이라면 그 뒤에서 수많은 책들이 달려오고 있을 것이라 상상했다. 책들은, "네가 책을 먹었지? 그렇지?" 하면서 외쳐댈 것이다. 평상시는 물론 스트레스를 받을 때도, 어떤 문제가 생겼을 때도, 무언가를 해야 될 때에도 가장 먼저 찾는 것이 책이니까. 지금 역시 책을 업고 문장을 뽑아 들고 그것들과 함께 걷고 있다. 살아오면서 가장 많이 먹은 것도 책이고, 가장 맛있는 것도 책이다.

그런데 수많은 책들에게 함몰되고, 뛰어난 저자들에게 일방적으로 설득당하며 지나온 날들이 꼭 고양이가 고등어에게 쫓기는 모습과도 같다. 책을 밖으로 들고 나와 길을 걷는 것이 거기에서 한 발 나오기 위한 몸짓이기도 하다. 책 안에서 가져온 문장이지만 걷는 동안 그 내용을 음미하면서 내 삶이라는 체로 걸러내 나를 새롭게 탄생시키기 위한 과정이다.

출발점에 서 있는 어르신 느티나무와 많이 닮은 그림엽서 뒷면에 '나더러 어쩌란 말이야? 나는 고양이야. 고양이라고!'라는 문장을 써서 집을 나섰다. 책은 가방에 넣었다.

느티나무 앞에 서서 그것들을 꺼내 느티나무에게 보여주었다. 지난주만 해도 잎이 전혀 없던 가지에 여린 잎들이 제법 나와 있었다. 늠름한 자태로 서 있는 느티나무에게 물었다.

"어르신은 누구입니까? 그리고 오래 사셨으니 우리 인간보다 훨씬 많은 지혜를 갖고 계시지요? 그걸 제게도 나누어주세요."

귀를 기울이며 몇 바퀴를 돌자, 드디어 느티나무가 낮은 목소리로 서서히 입을 열었다.

"나는 서두르지 않는다네. 내 가지들을 보게나. 햇볕이 많이 닿는 곳은 더 빨리 잎이 나오고, 그렇지 않은 곳은 아직 나오지 않은 곳도 있다네. 지금 이 모습이 아름답지 않다 해도 그게 전부 나일세. 나는 그 모든 것을 품고 사랑한다네. 그리고 내가 할 수 있는 만큼만 하고, 그것까지도 받아들인다네. 그저 묵묵히 자연의 흐름을 따라가면서 가장 나다움을 만들어가지."

느티나무의 답을 들은 나는 가방과 책을 챙겨 서둘러 출발했다. 갑자기 강한 바람이 일었다. 먼지를 가득 품은 바람이 길을 메우고 있어 잠시 기다렸지만 쉬이 사라지지 않았다. 어쩔 수 없이 그 속으로 들어가서 걸었다.

바람은 계속 불었고, 날은 흐렸다. 중간에 잠시 햇살이 나왔지만 흐린 날씨가 계속되어 걷기에는 오히려 좋았다. 엽서에 적어간 문장에 대한 정리는 1코스에서 거의 마무리되었다.

고등어를 좋아하는 고양이식으로 말한다면, 내가 가장 좋아하는 것은 책, 자연, 걷기이다. 이 세 가지를 다 아우르고 있는 것이 바로 상록오색길이다. 나는 일주일에 한 번씩 이 세 가지를 동시에 하고 있다. 책을 업고 문장을 들고 아름다운 자연 속을 걷고 있으니 말이다. 고등어를 보는 순간 두 눈이 번쩍이고 털이 설 정도로 행복해하는 고양이처럼, 나 역시 이 길을 걷는 날은 심장이 뛰고 설렌다.

그렇다면 삶의 태도는 어떻게 해야 할까?

있는 그대로의 나를 받아들이는 것
마음이 하는 말을 잘 따르는 것.
그리고 하고 싶은 것을 하는 것.

우리보다 훨씬 오래 사는 나무들의 느긋함을 갖기는 어렵겠지만, 400년도 더 산 느티나무의 자세는 평생 배우고 싶다. 받아들이고, 내려놓고, 품는 사람으로 살아가는 것이다. 묘를 만들지는 않겠지만 상징적인 묘비명으로 이런 내용이면 좋겠다.

‘자기다움을 찾은 사람. 늘 새로움을 추구하며 활기찬 삶을 살다 가다.’

'빛살엔그림책', 빛살처럼 스며들기를

1인 연구소
그림책100
그림책 리더 김건숙
그림책으로 삶을 배우다, 나로 살다

봄장마라 할 정도로 비가 잦다. 특히 걷기로 한 날에 오는 경우가 많다. 이날 역시 비가 내리고 있었다. 일주일에 한 번이고, 나 혼자 걷는 것이므로 얼마든지 날을 바꿔도 된다. 하지만 대부분 그냥 나선다. 날씨와 상관없이 내 일정에 맞추었기 때문이다. 이번에는 곧 나올 책의 원고를 교정 중이라 더욱 그러하였다. 새벽에 2교를 마친 원고를 출판사에 보냈기에 잠시 짬 나는 시간에 걷기로 했다.

다행히 집을 나섰을 때는 비가 잦아들었다. 대신 늦가을 날씨처럼 차가운 감이 있고 바람도 불었다. 하지만 걷기에는 나쁘지 않다. 늦었으니 걸음을 재촉해 느티나무 어르신 먼저 알현하고 가져간 명함 사진을 찍은 뒤 걷기 시작했다.

이번엔 책 대신 명함을 준비했다. 밝은 파랑과 짙은 녹색으로 만들어진 명함을 각각 하나씩 가져갔다. 색은 달라도 명함에 담긴 내용은 같다. 그림책 에세이 출간 후에 만든 것으로 '1인 연구소 그림책100'이란 이름을 달고 있다. 명함을 만든 일은 그림책과 관련된 일을 하고 싶다는 오래전의 생각을 실현시키기 위한 첫걸음이었다. 다시 말해 터전을 세우고 방향을 설정하기 위한 하나의 체계였다.

제대로 하고 싶다는 마음에 상표 출원까지 하려고 했지만 '100'이라는 숫자가 변별력이 없다는 이유로 승인받지 못했다. 그래서 긴 시간 사용하고 있는 블로그 닉네임 '빛살무늬' 가운데 앞 두 글자를 넣어 '빛살그림책'으로 하려다가 그만두었다. '100'이라는 숫자를 꼭 넣고 싶었기 때문이다. 그리고 이 이름으로 안 된다면 다른 사람도 쓸 수 없을 것이란 생각에 편히 사용하기로 했다.

왜 '100'이란 숫자에 애착을 가지고 있었느냐 하면, 거기에 담은 의미가 크기 때문이다.

첫째, 내 인생 그림책《100만 번 산 고양이》의 100

둘째, 그림책은 0세에서 100세까지 읽는 책이다.

셋째, 그림책은 100번 읽어야 한다.

넷째, 그림책에는 100가지 좋은 점이 있다.

다섯째, 죽기 전에 그림책100 목록을 만들겠다.

이토록 많고도 중요한 의미가 담겨 있는 숫자이기 때문에 '100'을 버리고 다른 말로 바꾸고 싶은 생각이 없었다.

내가 자랄 때엔 그림책이 없었다. 지금이야 어린이책이라는 고운 말을 쓰는데 그때만 해도 어린이를 위한 줄글 책을 동화라고 했다. 그것도 초등학교 고학년이 되어서야 교과서가 아닌 일반 책을 만날 수 있었고(이것도 몇몇 아이들에게만 해당), 동화책을 만날 수 있었다. 내가 그림책을 만난 것은 우리 아이들을 키울 때이다.

큰아이가 유치원생이 되었을 때 우리 아이들을 책의 세계로 이끌고 싶은 마음에 독서지도에 관한 공부를 했다. 덕분에 나도 그림책 세계로 발을 들일 수 있었다. 아이가 커가는 것과 함께 그림책에서 줄글 책, 역사, 세계사 등으로 영역을 넓혀갔다. 그리고 큰딸과 딸 친구들을 시작으로 한 그룹 수업도 점점 늘어나서 유치원생에서 초등학생, 중학생으로까지 확장되었다.

수업을 하기 위해 공부하고, 그와 연관된 책을 읽다 보니 그 분야에 대한 내 지식과 능력도 커갔다. 그런데 여러 장르에서 가장 내 마음을 끈 것은 그림책이었다. 은유와 상징으로 압축된 내용을 문학으로, 과학으로, 철학으로, 음악으로, 미술로, 그야말로 다채로운 분야와 시선으로 해석해내는 것이 큰 매력이었다. 단순히 내용을 읽어내는 것이 아니라 내 삶을 성찰하고 성장시키는 힘으로 연결했다.

어린이만 보기에는 그림책의 내용이 심오하고 강했다. 50대가 되어 더 이상 아이들과 수업을 하기 어려운 시점이 되면 어른들과 그림책을 함께 읽고 싶었다. 아이들에게 맞추었던 초점을, 힘든 삶을 거쳐 온 어른들에게 옮겨서 그림책이 그들에게 위로와 응원을 건네주는 든든한 친구가 될 수 있도록 길잡이가 되고 싶다는 소망을 품고 있었다. 하지만 그때만 해도 우리나라에선 어른이 자신을 위해 그림책을 읽는다는 소식은 듣지도 보지도 못하던 때였다.

가와이 하야오도 《그림책의 힘》에서 "그림책은 참으로 오묘하다. 그 속에 담긴 세계는 더없이 넓고 깊다. 한번 보면 언제까지나 마음속에 남아 있으며 문득문득 떠올라 새삼 감동하게 된다."라고 했다. 그러면서 인생 후반기야말로 그림책을 늘 곁에 두고 찬찬히 읽으라고 조언한다. 정신없이 바쁘게 사느라 잊고 있던 소중한 것들, 유머, 슬픔, 고독, 의지, 이별, 죽음, 생명 등에 대한 생각들이 아련히 떠오르게 한다는 것이다.

그러므로 그림책과 삶이 따로 떨어져 있으면 안 되었다. 명함에는 '그림책으로 삶을 배우다, 나로 살다'라는 문구를 써넣었다. 그림책과 삶을 연구하고, 그림책에 관한 글을 쓰고 강의와 모임을 하려고 1인 연구소를 만들었다. 이것으로 하나의 체계를 세웠다.

지금에야 그림책 붐이 일어 그림책 강의나 모임에 많은 사람들이 관심을 보이고 참여한다. 그러나 10여 년 전만 해도 그림책은 어린이들의 것이었다. 나만 해도 과연 어른들이 그림책을 읽을 것인가, 또는 정말로 어른들에게 어떤 효과가 있을 것인가에 대한 확신이 없었다. 이정표도 없이 막연하게 포부만 품고 있는 상황이었다.

어른에게 선물할 기회를 찾고 있을 때, 아는 분의 어머니가 요양병원에 계시다는 이야기를 들었다. 바버러 쿠니의 《강물이 흐르도록》과 함께 3권을 가져가서 읽어드리라고 선물했다. 이것이 어른에게 처음으로 한 선물이었다. 그이는 어머니에게 가서 읽어드렸다고 한다. 그랬더니 집에 가서 자신이 쓴 공책을 가져오라고 해서는 지난날의 이야기를 딸에게 조곤조곤 들려주셨다고 한다. 잠시나마 몸의 고통을 잊고 자신의 삶 어느 지점을 떠올리는 시간을 가졌다는 것에 내심 기뻤다.

블로그에는 어른들도 그림책을 읽자는 캠페인을 벌이겠다고 '어른과 함께 읽는 그림책'이란 카테고리를 만들어 그림책을 소개하였다. 지금은 이에 대한 편견이 많이 사라져서 그냥 '그림책'으로 바꾸었다.

어느 날 문득 그림책 에세이를 쓰고 싶다는 생각이 들었다. 그림책을 읽으면 주인공과 연결되는 사람이 떠오르고, 책이 연결되고, 영화가 연결되었다. 그렇게 해서 낸 책이 《책 사랑꾼 그림책에서 무얼 보았나?》이다. 이 책 덕분에 그림책 강의와 모임 요청이 오기 시작했다. 자연스레 그림책 활동가로서의 데뷔가 이루어졌다.

1인 연구소 '그림책100'을 만들면서 많은 고민 끝에 나를 '그림책 리더'라 했다. 그림책을 읽어주는 사람, 그림책 모임을 이끄는 사람을 의미한다. 주문한 명함이 내 손에 쥐어지고 이틀이 지난 뒤 메일 한 통을 받았다. 아무한테도 명함을 주지도 않았고, SNS에도 올리지 않았다. 홈플러스 문화센터에서 온 강사 섭외 요청 메일이었다. 그런데 제목이 '그림책 모임의 리더로 모시고 싶습니다'였다. '그림책 리더'란 이름을 아무도 쓰지 않고 있었기 때문에 전율이 일 정도였다. 문화센터 차장이라는 이와 긴 시간 미팅을 마친 뒤 문화센터에서 그림책 리더로 수업을 시작했다.

'나로 살기 프로젝트'라는 프로그램을 이미 만들어놓고 있었기 때문에 덥석 손을 잡을 수 있었다. 왜 나로 살아야 하는지, 나는 누구인지, 나의 장단점은 무엇인지, 내가 하고 싶은 것은 무엇인지, 그걸 진행하는 데에 있어 걸림돌은 무엇인지, 걸림돌을 어떻게 해결할 것인지 등의 과정을 거쳐 인생명함을 만드는 프로그램이었다.

그런데 2기까지 하고 나서 코로나19 때문에 수업은 자연스레 중단되었다. 이 외에도 4명이 모여 이끌어가던 모임도 잠정적으로 멈추게 되었다. 다른 이들의 모임도 그러하였지만 시간이 지나면서 서서히 온라인 모임으로 하나둘 열리고 있다. 현재 나는 작년에 만든 온라인 필사 모임만 하고 있는 상태이다.

따라서 이번에 명함을 들고 나와 걸은 것은 휴식기에 들어가 있는 '일인 연구소 그림책100'의 점검이 필요했기 때문이다. 고민 끝에 탄생한 연구소를 코로나 핑계로 방치하다시피 하고 있다는 자책이 나를 누르고 있었다. 과연 이대로 좋은가?

다른 그림책 활동가 가운데엔 코로나 시대에도 꾸준히 모임을 이끌어가고 있는 이들이 있다. 비대면으로 말이다. 비교적 순항을 타고 그림책 활동가로 데뷔하고 그림책 모임을 한 것도 대부분 내가 꾸린 것이 아니라 요청을 받은 것들이었다. 하지만 오프라인에서의 집합이 금지되니 자연스럽게 모임들도 하지 못하게 되었다.

여전히 그림책은 많이 사서 쌓아두고 있다. 언젠가 필요할 것 같고, 읽어보고 싶은 책들이 계속 출간되기 때문이다.

걸으면서 먼저 내게 질문을 던졌다. 왜 다른 활동가들의 모임을 보면 불안해지는가에 대한 것이었다. 전부터 어른 대상으로 그림책 강의를 하겠다고 했지만 꼭 대면으로 한다고 한 적은 없다. 아니, 코로나 시대가 올 것이란 예상을 못했기에 대면이냐 비대면이냐 자체를 생각할 수가 없었다. 어찌 됐든 중요한 것은 어른들에게 그림책을 만나게 해서 힘과 위로를 얻도록 한다는 것이었다. 그런데 왜 나는 꼭 다른 이들과 같은 형태의 일을 해야 한다고 생각하는가? 안 하고 있으니 그들에게 뒤처지고 있다는 생각이 드는 것일까? 아직도 경쟁구도에서 벗어나지 못한 것일까?

꼭 그러하지 않아도 된다고 내게 말했다. 그렇다면 나는 무얼 좋아하는지 물었다. 기본적으로 책 읽는 것과 글 쓰는 것을 좋아한다. 지금도 밀려 있는 책이 많아 마음의 여유가 없다. 좋아하는 것이 읽는 것과 쓰는 것이라면 그림책에 관한 것도 그쪽으로 하면 된다. 어떤 형태이든 모임을 하지 않는다고 불안해할 필요는 없다.

하지만 꼭 해보고 싶은 모임이 생각났다. 바로 남성들의 모임을 꾸려보는 것이다. 며칠 전 《아빠! 아빠! 아빠!》라는 책을 만나면서 전에 했던 그 생각이 되살아났다. 그러자 텍스트로 사용할 다른 책도 떠오르고, 주제와 발문까지 떠올랐다. 집에 와서 메모해두었다.

다른 이들처럼 기관에 신청서를 내볼 생각도 아예 하지 않았다. 앞으로는 그림책 강의나 모임을 얼마나 할 수 있을지 모르겠다. 하지만 전처럼 그림책과 다른 낯선 대상을 연결하여 글을 쓰거나 블로그를 비롯한 다른 SNS에 그림책을 소개하는 것도 훌륭한 일이다. 그리고 요즘은 선물할 일이 생기면 그림책 선물을 많이 해서 전파시키고도 있다. 그러니 다른 이들의 활동을 보며 불안해하거나 경쟁하지 말고 나만이 할 수 있는 독특한 일을 하면서 즐거움을 얻자.

이런 결론과 몇 가지 큰 그림을 그리고 나니 불안감이 어느 정도는 해소됐다. 걷는 것이야말로 스승이다. 상록오색길이 스승이다.

* 그림책활동가 명함은 결국 '빛살앤그림책'으로 바꾸었다. 몇 가지 떠오른 프로그램을 준비해 두었다가 새 명함으로 활동하자는 생각으로 기울었기 때문이다. 그림책이 많은 이들의 삶 속에 빛살처럼 스며들기를 바란다는 의미이다. 그래서 명함 색도 빛살을 상징하는 노란색으로 했다.

절반의 성공

애 많이 썼겠구나.
새 가지를 뻗어가는 모습이 보기 좋구나.

어르신 느티나무

세 번째 책이 출간되었다. 책을 가져가 어르신 느티나무에게 보여주면서 쳐다보니 짙어지고 무성해진 가지들 사이에서 죽어 있는 가지들이 언뜻언뜻 보였다. 봄에 싹이 나올 때부터 보아온 것이다. 멀리서 보면 표시가 잘 안 난다. 수많은 잎들을 거느리고 있지만 가까이에서 보면 위엄 있는 느티나무에게도 상실과 상처가 있는 것이다. 우리도 오래 살다 보면 내장 하나 정도는 잘라내기도 하고, 몸의 기관 어딘가가 고장 나기도 한다. 겉에서 보면 멀쩡해 보이는 사람들도 말이다. 나무나 사람이나 다를 바 없다.

"어르신, 세 번째 책을 냈습니다. 그래서 이렇게 가져와 보고 드립니다."

"허허, 애 많이 썼겠구나. 축하하네. 새 가지를 뻗어가는 모습이 보기 좋군."

인사를 마친 나는 표지 그림처럼 씩씩하게, 거뜬거뜬 걸었다. 이번엔 책 표지의 힘으로 걷기로 해서 따로 문장을 준비하지 않았다. 아니 이번 표지엔 더 많은 이야깃거리가 들어 있어서 표지가 문장이었다.

교정이 끝나면 출판사로부터 표지 시안이 온다. 보통 4~6개 정도가 온다. 그 가운데 쉽게 버릴 수 있는 것들을 빼고 나면 대부분 2개가 남았다. 그 2개가 선택을 힘들게 했다. 거침없는 평소와는 달리 갈팡질팡한다.

두 번째 책까지 블로그에서 표지 설문을 했다. 하지만 이번 책은 입체 표지까지 나올 때까지도 블로그에는 입도 뻥긋하지 않았다. 희한하게도 설문을 하고 나면 마음이 흔들렸기 때문이다. 매번 내가 좋아하는 것이 따로 있었음에도 설문에서 가장 많은 선택을 받은 것으로 마음이 움직였다. 결국 책은 내게서 독자에게로 넘어가는 것이기에 내가 좋아하는 것보다는 많은 이들이 좋아하는 것으로 해야 된다는 생각에 순순히 결정을 바꾸었다. 하지만 두 번을 그리하고 나니 마음 한구석엔 미련이 남아 있었다.

그래서 이번에는 가족과 몇몇의 지인 그리고 오랜 인연을 이어오고 있는 한 모임의 단톡방에만 올려서 의견을 물었다. 이번에도 더 많은 찜을 받은 시안이 있었지만 적은 인원으로 해서인지 흔들리지 않고 내 맘에 드는 것으로 결정할 수 있었다. 물론 다른 시안을 택한 이들의 의견은 많은 도움이 되었다. 특히 조목조목 이야기해준 이의 의견은, 책 내는 사람이면서 다른 책의 표지에 큰 관심이 없는 내게 좋은 가르침을 주었다. 이 표지는 요즘 트렌드이면서 여행 에세이 분위기이고, 저 표지는 약간 무거워 진중한 심리 에세이가 연상된다는 등의 말이었다.

진한 초록을 바탕색으로 한 신간의 표지엔 상체가 보이지 않는 여성이 핑크색 캉캉치마를 입고 에코백을 메고 군화 스타일 구두를 신고 씩씩하게 걷고 있다. 표지 아래 왼쪽과 오른쪽 끝에는 꽃송이가 달려 있는 식물이 그려져 있다. 상체를 그리지 않은 과감한 구도가 참신했다. 초록 편애자에 자연을 사랑하고, 걷는 것을 좋아하는 내게 그 표지가 끌릴 수밖에 없었다. 여성의 팔과 종아리가 너무 가늘어서 중년인 나와는 거리가 멀어 살을 좀 찌우라 하고, 위와 아래 구석에 그려져 있던 잎사귀 가운데 위에 것을 없애달라고 했다. 그랬더니 훨씬 깔끔해졌다.

그렇게 해서 탄생한 이번 표지에 유난히 독자들의 반응이 컸다. 서점에 진열되어 있을 때 눈길을 많이 끌 정도로 예쁘다는 소리도 들었다. 내가 좋아하는 것들이 다 들어 있어서 유난히 만족스럽다. 걷고 있는 이미지는 나이를 먹어서도 계속 내 삶을 씩씩하게 걸어갈 것이라는 의지를 말해주는 듯했다. 누군가 동화를 연상하게 한다고 하면, 후반 인생은 동화처럼 살 것이라 다짐했고, 이상한 나라의 앨리스가 떠오른다고 하면 앨리스처럼 환상적인 일들을 많이 만나고 싶다고 생각했다.

한 리뷰에는 이런 내용이 있었다.

서양 속담에 '표지로 책을 판단하지 마라'라는 게 있고, 우리나라 속담에도 '빛 좋은 개살구'라는 말이 있어서 겉모습에 현혹되지 말기를 권고하지만, 요즘처럼 일단 소비자의 눈길을 사로잡는 게 가장 중요한 세상에서는 책 표지와 제목은 단연코 중요하다. 그런 면에서 이 예쁜 표지《비로소 나를 만나다》는 이미 절반의 성공을 거두고 들어가는 셈이다. 표지에 그려진 저 여인의 뒤를 살금살금 쫓아가기만 하면 나도 비로소 나를 만날 것처럼 유혹적이다.

간서치아지매님 리뷰 가운데

내가 덕질하는 가수가 너무 잘생긴 것을 두고, 그의 동료 가수가 "노래가 외모에 묻힌다."라고 말했다. 내 책 표지도 그런 셈이다. 그냥 예쁘기만 한 것이 아니라 유혹적이라지 않는가. 이만하면 절반의 성공이 아니라 대성공이다. 어느 독자는 '진한 초록색 표지와 걷는 이의 발걸음에서 건강함을 발산하고' 있다고 했다. 다른 날보다 상록오색길을 더 힘차게 걸을 수 있었던 것도 표지에서 나오는 힘 때문이었다.

이번 북토크에서는 표지 이야기를 많이 해야 할 것 같다. 걸으면서 그 이야기들을 대부분 정리했다. 이제는 혼자 결정해도 사랑을 받을 수 있다는 확신을 얻었다. 표지는 사람으로 치면 첫인상을 좌우하는 얼굴이기 때문에 신중할 수밖에 없는데 자신이 생겼다.

하지만 표지보다 더 중요한 것은 책 속의 내용과 앞으로도 계속 책을 내겠다는 의지이다. 지금까지 써 온 책은 물론 앞으로 낼 책 가운데엔 사랑을 더 받는 것도 있고 덜 받는 것이 있을 것이다. 하지만 죽은 가지에 연연해 하지 않고 새 가지를 뻗는 느티나무처럼 나도 글을 계속 쓸 것이다. 죽은 가지가 잘 보이지 않을 정도로 무성한 잎을 내면서 성장을 멈추지 않는 느티나무처럼 한 발 한 발 나아가자. 상록오색길을 걷듯!

비를 맞으며 춤추라

인생은 행선지를 신경 쓰지 말고 즐겨야 하는 여행 같은 거야.
폭우가 그치기를 기다리지 말고 그냥 비를 맞으면서
춤추는 법을 배워야 해.

안가엘 위용, 《행복은 주름살이 없다》, 청미출판사

아파트 단지 옆 가로수인 계수나무엔 노르스름한 물이 들기 시작했다. 은행나무 역시 마찬가지다. 가을빛으로 스며들고 있다.

하지만 어르신 느티나무는 검은빛이 가득한 녹색 가지들을 쫙 펼치고 그 위용을 과시하듯 서 있었다. 꿋꿋한 모습이 더없이 믿음직스러워 보였다. 그러니 안 물어볼 수 없었다.

"어르신, 어르신에게도 두려운 것이 있나요? 400년 넘게 살아오셨으니 웬만한 것엔 살 떨리는 일 없으시죠?"

질문을 던지고 천천히 둘레를 걸으니 어르신이 낮은 음성으로 천천히 입을 열었다.

"왜, 없겠나? 몇백 년 지나오는 동안 많은 일들을 겪어왔지만 여전히 극복되지 않는 게 있어. 바로 기후 변화라네. 지금이 시월이지만 오늘만 해도 얼마나 더운가? 마치 9월의 늦더위 같지 않나? 점점 예측하기 어려워지고 있어. 5월에 우박이 떨어지는 건 뉴스거리도 안 되네, 엊그제 안성과 평택지역에 강풍이 불고 우박이 떨어졌다니 믿기지 않네. 수확을 코앞에 두고 이런 일 당하는 농부들 보면 남 일 같지 않아. 나 역시 씨앗을 잘 거두고 자손을 퍼트리는 일이 행여 날씨 때문에 잘못될까 봐 노심초사라네.

올해는 특히 여름에 비가 잘 안 와서 속 타는 날들이 많았어. 자네도 알다시피 내 가지들 사이사이로 죽어 있는 것들이 있지 않나? 나이 탓도 있겠지만 기후 변화 때문이 아니라고 말할 수가 없지.

그러나 어쩌겠나? 자네가 오늘 엽서에 써 온 문장처럼 폭우가 그치기를 기다리지 말고 그냥 비를 맞으면서 춤추는 법을 배워야 하지 않겠나? 강풍이 불어오면 그에 맞서지 말고 오히려 잘 껴안아서 하나가 되도록 노력한다네. 그래서 다행히도 태풍에도 가지들이 잘리는 일은 드물었네. 하지만 이런 걱정만 있다면 어찌 살겠나? 자네 같이 종종 찾아와 말 걸어주는 사람도 있고, 오늘은 바람도 한 차례씩 불어와 더위도 식혀주니 그럭저럭 견딜 만하네. 그리고 해가 넘어가면 제법 선선해져서 지내기가 그렇게 나쁘지만은 않다네."

400년 넘게 살아온 어르신 느티나무에게도 삶이라는 것이 그리 녹록지 않은데 이제 60년도 살지 않은 나 같은 사람에겐 어떠랴. 더욱이 100년 살기도 쉽지 않은 인간 세상에 태어났으니 폭우가 그치기 기다리다가는 삶의 종점에 다가가 있기가 쉬울 것이다. 그래, 폭우 속에서도 춤추는 법을 배워서 인생을 즐기는 거다.

그리고 '행선지를 신경 쓰지' 않고 즐기는 것을 못 하는 나도 아니다. 숙소든 식당이든 예약해놓지 않고 여행을 떠난 다음에 불쑥 찾아 들어가는 경우도 많다. 일상생활에서도 그렇다. 때와 상황에 따라 계획은 얼마든지 바꾼다. 어찌 보면 줏대가 없어 보일 테지만 아니다 싶으면 바로 바꾸는 게 최선이라 생각하는 사람이다. 난 이걸 융통성이라 한다.

그런데 지금까지 상록오색길 걷는 동안 한 번도 코스의 방향을 바꾼 적이 없는데 이날은 1코스 걷고 5코스인 본오들판길만 다녀오자 하고 집을 나섰다. 엽서에 써 간 것과는 전혀 무관하다. 문장 속 '행선지'는 '인생의 행선지'라고만 생각했기 때문이다.

> 인생은 행선지를 신경 쓰지 말고 즐겨야 하는 여행 같은 거야.
> 폭우가 그치기를 기다리지 말고 그냥 비를 맞으면서
> 춤추는 법을 배워야 해.
>
> 안가엘 위용, 《행복은 주름살이 없다》, 청미

지금까지 걸은 코스 방향은 매번 같았다. 1코스의 끝점인 느티나무에서 시작해 5코스로 역방향으로 한 바퀴 돈 뒤 마쳤다. 세 계절을 꼬박 그렇게 돌았다. 그런데 코스를 바꾼 오늘 써 간 문장이, '행선지를 신경 쓰지 말고 즐겨야 하는 여행 같은 거야.'일 줄이야.

방향을 바꾼 가장 큰 이유는 맨발로 걷기 위해서였다. 1코스가 가장 긴 4.6킬로미터인데 감사하게도 흙길이다. 요즘 맨발걷기에 재미를 붙이고 있는데 1코스가 끝나고 5코스에 들어서면 일부 구간만 빼고 나머지 구간까지 전부 시멘트 바닥이다. 그리고 1코스엔 그늘이 많다. 그래서 1코스 끝 지점에서 되돌아와 흙길을 다시 걷기로 한 것이다. 따라서 오늘 같은 우연의 일치가 신기할 따름이었다. 약간만 줄었을 뿐 걷는 시간은 별반 다르지 않다. 맨발로 3시간 정도 걸었더니 몸이 훨씬 좋아진 느낌이었다.

총 15킬로미터의 상록오색길 걷는 프로젝트를 세워서 진행하고 있기에 행로 변경할 생각은 못 했다. 날씨와 맨발걷기 때문에 경로를 수정할 수밖에 없었다. 그런데 결과가 나쁘지 않은 걸 보면서 가끔은 이렇게 돌아야겠다는 생각까지 했다. 처음에 세운 계획이라고 해서 끝까지 그 내용으로 밀고 나갈 필요는 없다. 형식보다는 내용이 중요하다는 소신을 가지고 있다.

원래 계획했던 대로 전 코스를 돌기로 작정했다면 나설 자신이 생기지 않았을 것이다. 그런데 '폭우가 그치기를 기다리지 말고 그냥 비를 맞으면서 춤추는 법을 배워야 한다.'는 문장이 나를 움직였다. 엽서에 문장을 쓰고 나자 더위 속으로 들어갈 마음이 생긴 것이다. 안 그러면 그늘 있는 뒷산으로 갔을 것이다. 문장은 그토록 쓰는 것만으로도 큰 힘을 발산한다.

그리고 인생을 계획대로만 산다면 무슨 재미인가. 가끔은 일탈을 하면서 짜릿한 맛도 느끼고 새로운 세계를 경험하면 좋지 않을까? 그것이 원칙주의자에겐 불안하고 어려운 일일 수도 있겠지만 원칙을 고수하기엔 요즘 시대가 복잡하고 변화무쌍하다. 때론 바람이 불면 바람이 부는 대로 비가 오면 비를 맞아도 보자. 그러면 내성이 생긴다. 우리의 뇌는 낯설고 새 경험을 할 때 새로운 회선을 만들어낸다. 비를 맞으면서 춤까지 추면 단단한 근육까지 만들어진다. 말랑하고 건강하고 단단한 뇌를 만들어보자.

카페 출근

자신에게 신체적, 정신적, 또는 영적인 가치가 있다고 믿는 것

윌리엄 글래서, '긍정적 중독'

어르신에게

긴 시간 길에 나서지 못하는 요즘입니다. 개인적으로 바쁜 일도 있었고, 코로나 이후 12살이 된 반려견과 24시간 같이 있는 날이 많아지다 보니 혼자 두고 나가지 못하는 것도 있습니다. 제가 연이어 집을 비우면 혼자 있게 된 반려견이 배앓이를 하곤 해서 꼭 나가야 하는 일이 아니라면 집에 머물고 있지요. 날마다 가던 뒷산에도 한 달에 손을 꼽을 정도가 되고 말았습니다.

그래서 이번에는 직접 가지 못하더라도 집에서 어르신 느티나무님과 대화 나누는 방법을 택했습니다. 어르신을 떠올리면 눈을 감으나 뜨나 제 머리와 가슴속에 선명하게 나타납니다. 그래서 어디서든 대화가 가능하답니다. 그런데 오늘 낮에 지인들을 맞으러 역으로 나갈 때와 돌아올 때 어르신을 만날 수 있었어요. 일부러 버스를 타지 않고 어르신이 있는 쪽으로 걸어서 갔습니다.

입춘도 벌써 지나고 3월을 코앞에 두고 있는데도 추위가 여전한 요즘입니다. 특히 오늘은 바람까지 불어 체감온도가 영하로 느껴질 정도였습니다. 그런데도 어르신은 가지 끝만 조금 흔들릴 뿐 고요하기 이를 데 없었습니다. 갈 때보다는 돌아올 때가 여유로워서 어르신의 몸통을 더 자세히 보았습니다. 5미터가 넘는다는 몸통엔 크고 작은 옹이들이 있는데 그 사이에 들떠 있는 껍질들이 많았습니다. 뱀이 허물을 벗어 윤기 나는 피부를 얻듯 어르신도 껍질들을 떨어내고 매끈한 기둥을 만든다면 좋겠습니다.

그러한 속에서도 어르신도 무언가 새로운 시도를 하고 있지 않을까 궁금했습니다. 지금의 모습도 많은 시간을 지나오는 동안 변화를 꾀한 것이겠지만 먼 옛날 어르신의 조상들이 누군가는 잎을 말아 침엽수가 되고, 다른 누군가는 잎을 넓히고 넓혀 활엽수의 길을 택한 것처럼 말입니다. 어르신도 우리가 눈치채지 못하는 사이 변화를 시도하며 바뀌는 환경에 적응해가고 있겠지요?

제가 노년을 잘 맞이하기 위해 요즘 그에 대한 책들을 읽고 있습니다. 그 가운데 미국의 임상심리학자이자 정신과 의사인 윌리엄 글래서가 말한 '긍정적 중독'이 눈에 들어왔습니다. 이것은 조깅이나 명상처럼 하루라도 하지 않으면 못 견디게 하는 것을 말하는데, 게임 중독이나 약물 중독과는 다르다고 합니다. 마치 생활을 위한 내공 쌓기와 같고, 다른 일을 하는 데에도 많은 도움을 준다고 합니다.

그런데 이것에는 다음과 같은 조건이 있더군요.

- 자신이 자발적으로 선택하는 행위로서 하루에 한 시간을 전념할 수 있으면서 경쟁적이지 않은 행위
- 쉽게 할 수 있으며 잘하기 위해서 너무 많은 정신적 노력을 기울이지 않아도 되는 것
- 혼자 할 수 있으며 다른 사람과 함께하더라도 다른 사람에게 의존하지 않는 것
- 자신에게 신체적, 정신적, 또는 영적인 가치가 있다고 믿는 것

- 지속적으로 하면 자신을 향상시킬 것이라고 믿는 것
- 스스로를 비판하지 않고 할 수 있는 활동

상록오색길을 걷는 것이야말로 위의 6가지 조건을 충족하고도 남는 일입니다. 다만 '하루에 한 시간'이라는 것만 빼면 말입니다. 중간에 조금 쉬면서 빨리 걸어도 5시간 정도 걸리는 일이니 말입니다. 제게는 일주일에 한 번이 좋습니다. 그러므로 다른 것이 필요하겠습니다.

노년이 되어서도 긍정적 중독에 빠져 무언가를 한다는 것은 바람직함을 넘어 건강하고 행복한 생활을 위해 멋진 일이라고 생각합니다. 당장이라도 할 수 있는 일을 찾아봐야겠다고 생각해서 6가지를 엽서에 적었습니다. 그렇다면 저에게는 무엇이 있을까요?

그런데 시간이 좀 지나자 그 중독적인 일들이 지금의 시점에 꼭 필요한 것인가라는 의문이 들더군요. 지금까지 살아온 삶을 되돌아볼 때, 제 노년 생활은 지금의 연장선에 있을 것입니다. 따라서 저는 여전히 무언가를 해 나가고 있을 것 같아요. 세계 3대 판타지 문학의 거장인 어슐러 K. 르 귄이 하버드 졸업생을 대상으로 하는 설문지의 '여가'에 대한 질문에서 이런 말을 합니다.

> "남는 시간의 반대말은 아마도 바쁜 시간일 것이다. 나는 아직도 남는 시간이 뭔지 모르겠다. 내 시간은 전부 할 일로 바쁘기 때문이다. 항상 그래 왔고 지금도 마찬가지다. 내 시간은 삶에 점령되어 있다."
>
> 《남겨둘 시간이 없습니다》, 19쪽

작가가 무려 여든이 넘었을 때 한 말입니다. 대단한 작가이지요. 프랑스 소설《체리토마토 파이》에 나오는 잔 할머니 역시 90세인데도 심심할 겨를이 없다고 합니다. 혼자 살지만 요리하고, 책도 읽고, 십자말풀이도 하며 카드점도 칩니다. 몰스킨 수첩에다 텔레비전이나 라디오에서 들은 인상 깊은 말 또는 책이나 신문에서 발췌한 문장을 적기도 하지요.

저도 마찬가지일 것입니다. 지금의 생활을 들여다보면 계획하고 있는 일들도 하지 못하고 보내는 하루하루가 쌓이고 있습니다. 코로나가 시작된 해에 어깨가 아파 다른 일들을 할 수 없을 때에도 날마다 뒷산을 올라갔다 내려오고, 강아지 산책도 시키고, 요리도 하고 책도 읽고, 글도 쓰고, 영화도 보고,

TV 시청도 했지요. 여유로운 시간을 보낼 때조차도 남는 시간이란 것이 있나 싶지요. 산책이나 TV 시청 등도 남아서 하는 것이 아니라 일부러 시간을 내 보는 것이었으니까요. 요즘은 구상해놓은 그림책 관련 프로그램도 짜야 하고, 기획하고 있는 글도 써야 하는데 시작조차 못 하고 있습니다.

그래도 올해 세운 얼마 안 되는 계획 가운데 하나가 '잎사귀 그림 그리기'입니다. 이 생각을 하니 벌써 봄이 기다려지네요. 마른 가지들에서 뾰족하게 나오는 새순을 볼 때면 얼마나 가슴이 두근거리던지요. 싹들이 자라 잎이 되고 그 잎이 점점 커지는 것을 보면 기운이 절로 솟았지요. 그런 잎들을 그려보자 한 것입니다. 과연 생각대로 될지 모르겠지만 시도는 해보려고요.

어르신, 글을 쓰다 보니 지금은 일부러 또 다른 것을 찾을 필요까지는 없겠다는 생각에 이르렀습니다. 요즘은 일부러 멍때리는 시간을 내려고 여행을 가기도 할 정도로 틈을 내려고 하니까요.

그런데, 그런데 말입니다. 오늘 딸이 쉬는 날이어서 오랜만에 아파트 단지 상가에 있는 카페에 갔습니다. 책을 가져가서

3시간 동안 몰입해서 읽었습니다. 다른 테이블에서 수다 삼매경에 빠져 있는 중년 여성들의 소리도 소음으로 들리지 않았습니다. 그런데 저녁 시간이 가까워지면서 비슷한 시간에 그들이 빠져나가자 저를 비롯해서 노트북으로 작업하는 카공족들만이 남았습니다. 그 조용해진 분위기를 타고 몰입도가 고조되었습니다. 모두 알지 못하는 사람들인데 그들과의 연대감마저 느껴질 정도였습니다. 그러면서 잔잔한 행복이 스며들었습니다.

어르신, 그 경험을 하고 나자 '긍정적 중독'의 하나로 날마다 카페로 출근하는 일이 하고 싶어졌습니다. 늘 할 일이 많으니 더 이상 필요치 않다고 한 것은 자만이었네요. 더 큰 행복을 주는 것이라면 지금의 무언가를 덜어내고라도 새것을 들여야지요. 카페 출근이 그런 일이네요. 물론 당장은 할 수 없습니다. 위에서도 말했지만 반려견을 혼자 두는 일이 쉽지가 않아요.

그렇지만 기회가 된다면 카페로 가서 차를 음미하며 유유자적 즐기고 싶습니다. 여유로움을 즐기는 그 자체도 좋습니다. 책을 읽고 글을 써도 좋습니다. 전시장 다니며 사 온 두꺼운 화집을 한 권씩 가져가 꼼꼼히 읽으며 그림들을 감상하고도 싶습니다. 앨범에 정리만 해놓고 다시 꺼내보지 못하는 그림엽서들도 한 장 한 장 감상하고 가끔은 나에게 편지를 써도 좋겠습니다. 화집이나 그림엽서는 노인이 돼 시력이 나빠져서 일반 책들을 보기가 힘들어지거나 상상력이 떨어지고 마음에 윤기가 사라졌을 때 보아야겠다고 사둔 것입니다. 이런 생각만 해도 심장이 떨립니다.

어르신도 오랜 시간 속에서 건강하고 멋진 자태를 가꾸어 온 걸 보면 평소 긍정적인 중독에 빠져 있는 시간이 적지 않았을 것 같습니다. 제가 늘 좋은 기운을 받아오는 것도 그 때문이 아닐까요?

아, 그러고 보니 제가 어르신을 만나고 싶어 하는 것도 '긍정적 중독'인 것 같습니다. 카페에서 나오면 어르신 만나고 오는 것도 잊지 말아야겠네요.

풀 같은 모습으로

세상이 이토록 아름다운 건 어떤 의미일까?

메리 올리버, 《완벽한 날들》, 마음산책

느티나무님, 지금 제 가슴이 이리 벅찰 수가 없어요.

사흘 전 큰딸이 와서 오랜만에 밖에서 둘이 밥도 먹고 카페에도 갔어요. 그러는 동안 많은 이야기를 나누었답니다. 얼마 안 있으면 생일이어서 제가 먼저 딸에게 무얼 해 줄지 물었어요. 딸은 눈 아래 지방 제거를 해줄까 생각했다더군요. 제 눈 아래에 지방이 쌓여서 볼록한데 한쪽이 두 배는 더 부풀어 있어서 신경이 쓰이거든요. 전에 그걸 어떻게 하면 좋을지 딸에게 물은 적이 있어요. 그래서 그걸 없애주는 시술을 해주려고 했나 봐요. 참 예쁘지요? 엄마 말을 흘려듣지 않고 해결을 해주려고 한 그 마음이요.

하지만 저는 다른 것을 해달라고 했어요. 우리나라에 도보 여행 붐을 일으키고, 많은 여행 에세이를 써서 인기를 얻고 있는 작가가 시작한 에어비엔비 숙소를 예약해서 하룻밤 같이 지내자는 거였어요. 이른 오후에 제가 먼저 가서 체크인하고 주변 숲에서 산책도 하고 돌아보고 싶은 곳 다니다가 딸이 퇴근해 오면 같이 시간을 보낸 뒤 그곳에서 함께 자는 거예요. 다음 날엔 딸과 함께 그 숲길을 다시 산책하고, 가고 싶은 곳들을 같이 다닐 겁니다. 딸과 단둘이 여행을 떠난 적이 없어서 추억될 일을 만들고 싶어요.

어르신, 그곳을 예약했다고 방금 딸에게서 연락이 왔거든요. 사랑하는 딸과 하룻밤 보낸다는 것에 많이 기대돼요. 그리고 좋아하는 작가의 집에 머물면서 작가의 서재를 엿볼 수도 있고, 다음 날 그 작가와 함께 아침을 먹을 수 있다는 생각에 흥분을 감추지 못하고 있습니다. "너에게도 좋은 경험이 될 거야."라고 딸에게 말했는데 정말 그럴 것입니다. 딸 세대들은 잘 모를 수 있지만 우리 세대의 많은 이들은 세계 곳곳을 누비고 온 작가의 이야기에 자극도 받고, 작가의 섬세한 감성에 흠뻑 빠져들었답니다. 제가 예약해서 다녀올 수도 있지만 딸이 해주는 선물로 딸과 함께 다녀온다면 그 의미가 몇 배는 더 클

것입니다. 그래서 이렇게 한껏 들떠 있는 것입니다.

그리고 요즘 제 가슴 저 깊은 곳에서 어떤 소리가 들려오고 있어요. 무라카미 하루키를 여행으로 떠나게 했다는 그 북소리가 아닌가 생각합니다. 어느 날 아침 작가가 눈을 떴을 때 아득히 먼 곳에서, 아득히 먼 시간 속에서 북소리가 울려왔다고 해요. 아주 가냘픈 그 소리를 듣고 있는 동안 왠지 긴 여행을 떠나야만 할 것 같았답니다. 그리고 작가는 정말로 여행을 떠났습니다. 저도 요즘 어디로 떠날지 이리저리 머리 굴리고 있습니다. 아마 여행 작가의 집을 다녀오기 전에 다른 곳으로 먼저 다녀올 것 같지만 예약은 딸이 선물로 해 준 것이 첫 번째입니다. 그러니 제 기분이 들뜨지 않을 수 없는 거지요.

그래서인지 오늘 유난히 제 말이 길어졌네요. 이번에 가져온 문장도 이 기분과 많이 연결되어 있는 것 같아요. 《완벽한 날들》에 있는 메리 올리버의 문장입니다.

세상이 이토록 아름다운 건 어떤 의미일까?

그리고 난 그것에 대해 어떻게 해야 할까?

내가 세상에 주어야 할 선물은 무엇일까?

나는 어떤 삶을 살아야 하는 걸까?

어르신, 오늘은 미세 먼지도 없고 청명하기 그지없어 제 마음도 하늘로 올라가고 있습니다. 그래서 제 이야기만 가득 풀어놓고 가게 되네요. 어차피 지금 어르신은 봄맞이에 많이 바쁘실 것 같아 그냥 떠납니다. 그리고 흥분되면 다른 사람 말이 잘 안 들어온다는 것을 어르신도 알고 계시지요? 걸으면서 마음 차분히 가라앉히고 보여드린 문장들 더 많이 음미하면서 걷고 오겠습니다.

볕이 화사하기는 해도 따스하지는 않았다. 하지만 다른 날들처럼 신발과 양말을 벗고 맨발로 걷기 시작했다. 몸도 마음도 한없이 가벼웠다. 누가 심한 말을 해도 얼굴 붉히지 않고 잘 흘려버릴 것 같은 기분이었다. 세상이 아름다워 보이는 것은 당연한 일.

그렇다면 '세상이 이토록 아름다운 건 어떤 의미일까? 그것에 대해 어떻게 해야 하고, 세상에 주어야 할 선물은 무엇일까?'

류시화는 '길 위에서의 생각'이라는 시에서 "집이 없는 자는 집을 그리워하고, 집이 있는 자는 빈 들녘의 바람을 그리워한다."라고 했다. 그 말처럼 여름에는 겨울이 그립고, 겨울에는 여름이 그립다. 며칠 동안 귤만 먹다 보면 즐겨 먹지 않던 사과마저 그립다. 집에서만 오래 지내면 어디론가 떠나고 싶고, 오랜 시간 여행지에 있으면 집이 그립다. 시골에서 보내던 어린 시절엔 도시를 그리워했고, 도시에 살고 있는 지금은 시골을 그리워한다. 이것도 결핍의 한 종류이리라.

2년도 더 넘게 마스크 쓴 채 외출하고, 2년도 더 넘도록 집에 머물렀다. 남들은 제주로도 떠나고 강원도, 남해로도 잘들 다녀오던데 혹여 감염이라도 될까 싶어 떠나지 못했다. 그래서인지 요즘 짧은 여행을 떠올리고 있었나 보다. 그런데 그것은 한 독자가 농촌민박 숙박권을 내게 선물해준 것과 무관하지 않다. 친구 사이인 세 할머니들이 한집에 살고 있는데 펀딩으로 농촌민박을 시작하시게 되었다고 한다. 펀딩에 참여한 그 독자가 답례품으로 받은 숙박권을 내게 주었다. 주변에 산책하기 좋은 곳도 있고, 조용해서 글쓰기에 좋을 것이라면서 주었다. 방송에도 나왔지만 개성 강한 세 할머니들이 서로에게 맞추어 가면서 한집에 사시는 모습은, 이혼을 했거나 결혼을 안 하고 혼자 사는 시니어 연예인이 함께 사는 리얼리티 프로그램 '박원숙의 같이 삽시다'의 실제 모델이 되는 셈이다. 그래서 기대가 많이 되는 여행이다.

그 여행이 '내 생에 다시없을 특별한 여행'의 출발점이 될 것이다. 당일에서부터 하룻밤 또는 이틀 밤 정도 머물고 오는 짧은 여행은 위의 두 예처럼 무언가 특별하고 의미를 안겨줄 시간들이 될 것이다. 예약이 하나 되어 있으니 여행은 이미 시작되었다, 그리하여 심장이 뛰고 몹시 흥분되어 있다. 내게 남다른 의미와 행복을 안겨다 줄 그 여행이 세상의 아름다움 가운데 하나가 될 것이다. 어떤 여행으로 진행해 나갈지 계속 아이디어를 떠올리고 있다. 아름다움을 빚어낼 그 여행이 글로 탄생하여 누군가에게 힘을 준다면 그것은 세상에 보내는 아름다운 선물이 될 것이다.

길을 걷는 동안 지난 연말 뉴스에 등장한 한 형제 이야기도 떠올랐다. 나는 그 뉴스를 보고 한참 울었다. 감동도 그런 감동이 없었다. 자세한 설명이 나오기 전 영상만 보았을 때는 안 좋은 상상을 했다. CCTV 영상이라 모노톤인 데다 선명한 화질이 아니어서 더 그러하였다. 위에서 눌러 찍힌 것이니 어린아이인지 청소년인지 구별도 잘 안 되었다. 영상에서는 검은 점퍼를 입은 남자 둘이 무거워 보이는 가방을 경찰서 지구대 앞에 두고 서둘러 사라졌다. 그러니 그 안에 혹여 폭발물이나 안 좋은 것이 들어 있는 것은 아닌지 찰나의 순간에 상상했다. 험한 뉴스가 많이 나오는 요즘이라 반사적으로 그랬던 것 같다.

하지만 뜻밖에도 종이가방 안에는 색색의 저금통 세 개와 손 편지가 들어있었다. 편지에는 게임기 사려고 한 푼 두 푼 모은 돈을 어려운 사람들을 위해 써달라고 씌어 있었다. 눈이 쌓이고 매서운 한파가 있던 날이었다. 그들이 출입문을 열고 사라졌을 때 뒤따라 나간 경찰들은 그들을 볼 수 없었다. 수소문 끝에 가까운 초등학교에 다니는 형제라는 걸 알게 되었다. 종이가방 안의 돼지저금통에서 나온 돈은 100만 원이 조금 넘었다.

연말이 되면 행정복지센터 주변에 돈 박스를 두고 자취를 감추는 천사들이 뉴스에 나오곤 하는데 초등학생일 줄이야. 게임기를 사겠다고 둘이 친척이나 부모한테 받은 용돈을 쓰지 않고 2년이나 모은 것이라는데 어떻게 그걸 안 사고 참았을까. 어른의 2년과 어린아이들이 느끼는 2년의 시간 감각은 많이 다를 것이다. 그것도 익명으로 했다는 사실이다. 형제의 사연을 보는 동안 심장이 뜨거워지고 왈칵 솟은 눈물이 쉬이 멈추지 않았다. 어른으로서 얼굴이 붉어지기도 했다. 나 역시 손길이 필요한 곳에 보탬이 되려고 노력하는 사람 가운데 하나다. 하지만 어떤 목표를 가지고 긴 시간 모은 돈을 몽땅 후원한 경우는 한 번도 없다. 그래서 어린 형제의 저금통 기부는 오래도록 기억하고 싶은 아름다움이다. 그 사연이 내 몸속으로 들어와 어떤 화학반응을 일으켰을 것이니 어디선가 그 빛이 발하기를 기대한다.

언제부턴가 파릇파릇한 풀들이 예뻐 보인다. 목련꽃, 벚꽃, 복숭아꽃, 조팝꽃 등 화사한 꽃들에서 그냥 풀꽃으로, 그냥 풀꽃에서 풀들로, 내가 보는 아름다움의 세계는 확장되고 있다. 왜 이름도 받지 못한 풀들이 아름답게 보일까?

다른 이유는 없다. 살아 있기 때문이다. 눈에 띄는 화사한 꽃이든 풀이든 어떻게든 살아내고 있는 그들의 의지는 아름다움 자체이다. 나이를 먹으면서 '생명'이 얼마나 눈부시고 아름다운 것인지 각별하게 인식한다. 세상에 재미라곤 손톱만큼도 없어 보이고 막막한 벽만 느껴져 옆구리에 죽음을 끌고 다녔던 이십 대 초반의 나. 그때의 염세주의를 청산하고 '처음과끝'

이라는 이름으로 휴대폰에 저장해둔 남편과 세상에서 가장 소중한 두 딸을 낳으면서 이제는 한 살이라도 더 오래 살기를 염원한다. 아침에 눈을 뜨면 누굴 향한 것인지는 모르지만 '감사합니다.'라는 말이 절로 나온다. 죽을 것만 같던 청년시절을 잘 버티어서 씩씩하게 잘 살고 있는 지금의 내가 얼마나 아름다운지를 풀들에게서 회상하는 것일까.

마음속에 생의 기쁨이 가득하니 존재하는 모든 것들이 아름다워 보인다. 내 삶에 모든 것이 갖추어져 있어서가 아니다. 부족함 속에서도 살려고 노력했고, 어떤 대상을 보면 좋은 면을 보려고 애썼기 때문이다. 좋은 것을 보면 감동하고 그걸 닮으려고 노력했기 때문이다. 모든 시간들과 행위 하나에도 많은 의미를 부여하며 살아왔기 때문이다.

따라서 지금 이 순간을 잘 살아내는 것이야말로 세상에서 가장 아름다운 것이라고 힘주어 말할 수 있다. 그것이 다른 누군가에게 힘을 주고, 그것이 세상에 주는 선물이라면 좋겠다. 살아가면서 얻어지는 힘으로 주변을 돌아보고 나눌 수 있는 만큼 나누어 줄 것이다. 그런 마음으로 오늘을 살아간다. 풀 같은 모습으로, 풀 같은 마음으로.

닮기엔 너무 먼 당신

우리가 원하는 것은 가장 깊은 수준에서 보면,
그 아름다움으로 우리를 감동시키는
대상과 장소를 물리적으로 소유하기보다는
내적으로 닮는 것이다.

알랭 드 보통, 《행복의 건축》, 청미래

상록오색길에서 만나는 대상 가운데 가장 좋아하는 것은 단연 느티나무이다. 나무와 꽃과 바람과 들판 등을 아무리 좋아한다고 해도 깊게 교감하고 대화까지 나누는 느티나무만 할 수는 없다.

신호 대기하고 있던 사거리에서 느티나무를 처음 보았을 때 나무 전체가 보이는 것은 아니었다. 하지만 언덕 밖으로 뻗어 나온 가지만으로도 예사로운 나무가 아니라는 것을 직감했다. 궁금증에 이끌려 언덕으로 올랐던 날, 예상보다 훨씬 크고 멋진 느티나무를 보았다. 400살이 넘었다는 사실만으로도 경외심이 크게 일었고 언제부턴가 속으로 어르신 느티나무라 불렀다.

나무와 좀 더 가까운 곳으로 이사 온 후, 역을 오갈 때 시간이 촉박하지만 않다면 느티나무 쪽으로 걸어 다닌다. 한 번이라도 더 보기 위해서이다. 나는 어느 날 어르신 느티나무를 내 나무라 하였다. 그랬더니 나무와 나 사이에 특별한 끈이 이어진 것 같았다.

그건 나만 그러는 건 아닌 듯했다. 무속인으로 보이는 이들이 느티나무에게로 가서 절도 하고 비는 것을 보았다. 어쩌면 그들은 나보다 더 특별하다고 생각할지 모른다. 아무리 느티나무를 각별하게 여긴다 해도 나는 울타리를 넘어 바로 곁으로까지 가려고 시도하지 못했기 때문이다. 물론 나도 느티나무를 가까이에서 보고 직접 만져보고도 싶다. 그 아래에 앉아 책도 보고 쉬고도 싶다. 손을 대고 있으면 더 깊은 대화도 나눌 수 있을 것이지만 문이 없는 울타리를 넘어갈 용기는 생기지 않았다.

내가 느티나무를 좋아하는 것은 나무가 나를 크게 감동시키기 때문일 것이다. 알랭 드 보통의 말대로라면 느티나무를 닮고 싶은 마음이 내 마음 깊은 곳에 깔려 있기 때문이리라.

그렇다면 나는 나무의 어떤 점을 내 안에 들여놓고 싶어서 자주 찾아가는 것일까? 많이 만나다 보니 큰 나무 기둥 안에 어르신이 살아 있는 착각이 들 정도이다. 그냥 어르신도 아닌 범접하기 어려운 어르신이다. 하얗고 긴 수염을 단 인자함과 위엄이 서린 도인이랄까. 이번에는 그런 어르신을 좀 더 많이 바라보고 좀 더 많이 이야기 나누리라 마음먹었다.

그동안 꿈쩍도 않아 보이던 어르신 느티나무는 많은 가지에 연두 잎사귀를 촘촘하게 달고 있었다. 늘 그렇듯 나는 문장을 써간 엽서를 꺼내 나무 앞에 대고 사진을 찍었다. 배경으로 보이는 어르신을 멋지게 찍으려고 위치를 바꾸어 찍다 보면 여러 장 찍게 된다. 평소에도 그럴진대 이번엔 더 그러하였다. 내가 어르신 느티나무를 내적으로 닮고 싶어 하는 것이 무엇인지 알고 싶은 날이니 안 그렇겠는가.

우리가 원하는 것은 가장 깊은 수준에서 보면,
그 아름다움으로 우리를 감동시키는
대상과 장소를 물리적으로 소유하기보다는

내적으로 닮는 것이다.

알랭 드 보통, 《행복의 건축》, 168

그런데, 그런데 말이다. 스무 번도 넘게 길을 걸으러 갈 때마다 의식처럼 그렇게 사진을 찍었어도 지금까지 나를 제지한 사람은 단 한 명도 없었다. 그런데 하필 이날 조금 떨어진 곳에 앉아 있던 어르신들 가운데 누군가가 내게 뭐라고 했다. 무슨 말인지 되물었더니 어서 비키라는 것이었다. 순간 나도 모르게 "아니, 이 나무가 개인 나무인가요? 이 나무는 공적인 나무잖아요."라고 했다.

그곳에는 할머니 두 분과 할아버지 한 분 그리고 젊은 남자가 있었다. 그러자 젊은 남자가 걸어오더니, "몸이 아프신 분들이라 그러는데 싸우시면 안 되잖아요."라고 했다. 어이없는 일이었기에 나도 모르게 목소리에 힘이 들어가 있었는지는 몰라도 난 싸우려 하지 않았다. 중요한 순간에 나를 통제하려 했던 것에 속이 상했던 것이다. 나무를 오래 바라보고 대화를 나누는 것은 내 자유이며 중요한 일이니 안 그렇겠는가.

청년의 말을 미루어 짐작건대 어르신들은 나무의 기운으로 건강을 찾으려한 것 같았다. 그런데 내가 그분들의 시선 앞에 있어서 나무에게서 오는 기운을 막기라도 한 것처럼 여긴 듯하다. 나무가 얼마나 큰데 내가 어떻게 가릴 수 있단 말인가. 그리고 지금이 어느 시대인데 나무로 병을 고치려고 하다니. 난 청년에게 말했다. "나도 여기에서 해야 하는 일이 있어요. 이 나무가 누구의 나무도 아닌데 비키라 마라 해서는 안 되지 않나요?" 젊은 남자는 더 이상 말을 하지 않고 되돌아갔다.

마침 느티나무 주위를 돌기 위해 온 이가 있어 그 뒤를 따라 걸었다. 하지만 이미 마음이 상한 나는 나무를 제대로 볼 수 없었다. 나무를 보면 기분이 좋아지고 좋은 생각이 들어 건강해질 수는 있겠지만 병까지 고친다는 것은 무리가 아닐까? 나무의 기운을 얻으러 왔으면서 그런 배려 없는 마음을 갖고 있다면 오히려 건강에도 안 좋을 것이다. 나무는 함께 누려야 하는 모두의 나무이다. 혹여 젊은 남성이 그들을 꾀어서 온 것이라든가 이상한 종교집단이 아니기를 바랐다.

비록 그들을 향해 큰소리 냈지만 나는 느티나무를 벗어나 길을 걸었다. 그동안 많이 보았기에 걸으면서 생각하기로 했다. 그렇게까지 목청 돋워 날을 세울 만큼 나도 느티나무가 좋은 것인데 그 이유들은 무엇일까? 상록오색길 걸을 때마다 써

간 문장을 어르신 나무에게 보여주고 대화를 나누는 것을 의식처럼 치를 정도로 말이다.《상수리나무와 함께한 시간》을 쓴 제임스 캔턴은 "단단한 뿌리내림은 확실히 매혹적이다. 상수리나무의 생명력은 강하다. 시간을 가로질러 한 장소에 굳건히 버티고 서 있다는 안정감이 우리의 마음을 사로잡는다. 우리는 나이 많은 상수리나무에 매료된다."라고 한다.

어르신 느티나무도 아주 매혹적이다. 누군가를 보고 첫눈에 반한다고 하듯 느티나무를 처음 보았을 때 단숨에 매혹당했다. 우선 생긴 모습이 멋지다. 좌우로 쫙 펼치고 있는 가지들 자체도 아름답거니와 거기에서 뿜어져 나오는 힘찬 기운에 빨려들고 말았다. 그래서인지 다른 사람들도 어르신 느티나무를 그냥 지나치지 않는다. 나처럼 사진도 찍고 한참 바라도 본다. 권위적이지 않으면서 범접하기 어려운 고품격의 아우라를 뿜어내고 있으니 당연하다.

어르신은 꿋꿋하고 꼿꼿하다. 이 말에는 많은 것을 함의하고 있다. 우선 긴 세월을 품고 있음을 말한다. 아득한 과거의 시간은 물론 우리 세대가 사라진 후의 시간까지도 나무는 오롯이 담아낼 것이다. 이 자체만으로도 감동이다. 긴 시간을 지나오며 맨몸으로 풍파를 견뎌낸 나무는 위풍당당하게 서서 우리를 응원한다. 살다 보면 누구나 만나게 되는 힘겨운 일들을 이겨냈을 때 비로소 꿋꿋함을 지닐 수 있다는 것을 말없이 알려준다.

꿋꿋함은 '한결같음' 또는 '성실함'의 또 다른 이름이다. 죽은 듯 서 있던 나무가 해마다 그 자리에서 지금처럼 무수한 잎을 내고, 꽃을 피우고, 씨를 맺고, 물들이고, 잎을 떨구고, 다시 잎을 내는 일을 거르지 않는 모습은 우리를 안심시킨다. 하루가 다르게 변화하고 앞날을 예측하기 어려운 시대에 살고 있는 우리에게 한결같은 모습은 안도감을 안겨준다.

그 꿋꿋함은 꼿꼿함이기도 하다. 요즘 내가 닮고 싶은 말이다. 조금만 힘들거나 슬퍼도 소리치고 울고 화내고 흥분하는 우리와 달리 호수처럼 고요한 느티나무의 모습은 내적으로 많이 닮고 싶은 모습이다. 조금 전 나를 통제하려 했던 그들에게 쇠된 소리로 대처한 내 모습과 겹쳐졌다. 그토록 닮고 싶어 한 느티나무 앞에서 순간적으로 흥분한 내가 부끄러웠다.

아무리 내게 이해 못 할 요구를 했더라도 조용히 내 생각을 알릴 수는 없었을까? 아니면 속사정을 들어보려고 그들에게로 다가갈 수는 없었을까? 흔들림 없이 그 자리에 서서 한결같은 모습으로 우아한 모습을 보여주는 어르신 느티나무를 조금이라도 닮을 수는 없을까? 그동안 걸으면서 나름대로 수련하려고 한 시간들이 와르르 무너지는 기분이었다. 그렇지만 나는 멈추지 않을 것이다. 무너졌다면 다시 한 걸음부터 시작하는 거다.

되돌아와 보니 그들은 떠나고 어르신 느티나무만 고요하게 서 있었다. 느티나무를 닮고 싶어 한 마음을 되짚으려 한 날 이런 일이 일어난 것은 혹여 어르신이 나를 실험해보려 한 것은 아니었을까? 아무래도 나무 닮는 일은 세상에서 가장 힘든 일인지도 모른다. 그래서 어르신이 더 크게 보인 날이다.

붉은토끼풀이 내게로 왔다

이
색
다
바나나

제이스 폴포드 글, 타마라 숍신 그림, 《이 색 다 바나나》, 봄볕

본격적인 여름이지만 어르신 느티나무는 더 푸르고 더 씩씩해 보였다. 더 짙어지고 더 깊어지며 더 고요해지는 어르신의 자태는 내게 더욱 존경심을 불러일으킨다. 어찌 이때뿐이랴. 아예 잎이 없는 한겨울에도, 싹을 틔우는 초봄에도, 단풍이 드는 가을에도 아름답지 않은 때가 없다.

이번에도 어르신 느티나무를 에워싼 울타리를 돌며 말을 건다.

"어르신, 어르신의 품이 더 넓어지고 깊어졌습니다. 셀 수 없이 많이 달린 푸른 잎사귀들 때문이겠지요? 어르신은 스스로가 언제 가장 아름답다고 생각하시나요? 대부분 사람들은 연둣빛으로 새잎이 막 나왔을 때와 꽃이 피었을 때, 그리고 단풍이 곱게 들었을 때의 나무를 좋아한답니다. 죽은 것처럼 말라 있던 가지에서 새순이 나오는 것을 보면 그냥 지나치지 못하고 감동에 겨워하지요. 그것도 젊은이들이 아니라 세상을 좀 산 사람들에게 해당되는 이야기라 생각해요.
꽃이 화려하게 피었을 때도 예쁘다고 호들갑 떨지만 꽃이 지고 나면 그 자리에 나무가 있는지조차 모르고 지나쳐버리는 경우가 많아요. 그래서 꽃이 피었을 때는 저것이 진달래구나, 벚나무구나, 목련이구나 하지만 곧 머리에서 잊힙니다. 저 역시 그랬고요. 그러다가 가을이 되어 다른 빛으로 변할 때에야 잠깐 감상에 젖곤 하지요. 그만큼 우리들은 바쁘고 신경 쓸 데가 많아요. 그것들이 살아가는데 꼭 필요한 것도 아니면서요."

어르신이 빙그레 웃으며 천천히 입을 여신다.

"사람들이 보통 바쁜가? 계절이 지나가는 것도 모르고 사는 사람들이 얼마나 많은가? 자네도 젊을 때 그러지 않았나? 그러니 그 세 번만이라도 관심 가져주니 나무들로서는 고맙지. 나야 다른 나무들처럼 꽃이 화사하지 않아 눈에 잘 띄지도 않으니 더 그렇겠지. 그래도 오래 살다 보니 자네처럼 꾸준히 관심 갖고 말까지 걸어주는 사람이 있으니 얼마나 감사한지 모른다네. 언제 가장 아름답다고 생각하는지 물었네만 한 번도 생각해보지 않은 일이구먼. 예전에도 말했지만 나는 죽은 가지 하나도 허투루 보내지 않고 그대로 품고 있는 나무이니 말일세.
봄이면 새순 내면서 꽃을 피우고, 잎이 커지면 햇살을 담아 양식 만들고, 쌀쌀해지면 겨울잠 준비에 들어가기 위해 잎을 떨어뜨려야 하잖나. 그 시기에 하지 않으면 안 될 일을 놓치지 않는 것이 가장 중요하기 때문에 내 신경은 온통 햇살과 바람과 공기에 가 있지. 지금은 푸르러야 할 때고 말일세. 음, 그러니까 그 모든 것이 나이고, 내 모든 것이 아름답다고 말해주고 싶네."

나는 '이 색 다 바나나'라고 써온 문장을 어르신에게 보여주고 활짝 웃으며 손 흔들었다. 연륜이 있는 어르신이라 생각의 폭도 넓고 깊다.

'어르신의 모든 순간의 색이 아름답고, 그 모든 색이 어르신입니다.'

길가에 있는 보랏빛 풀꽃이 눈에 들어온다. 다른 때는 그냥 지나친 풀이다. 토끼풀을 많이 닮았지만 모조품인 듯해 아예 쳐다보지도 않은 풀이었다. 누군가가 토끼풀이라고 하면 아니라고 부정했다. 내가 알고 있는 토끼풀은 단단하고 키가 작으며 하얀 꽃을 피운다. 그런데 그 풀은 줄기가 연하고 크게 자란다. 게다가 붉은 꽃을 피우니 어찌 그것이 토끼풀이란 말인가. 그냥 봐도 아닌데 토끼풀이라 생각하는 건 착각이라고 단정했다. 예전에 누군가가 그 잎사귀에서 네 개 달린 것을 찾아선 네잎클로버라 하는 걸 보았다. 나는 '당신 착각하는 거예요!'라고 큰 소리로 말해주고 싶었다.

그런데 이번에는 꽃을 찍어 검색 창에 띄워보았다. '어쩌면'이라고 한 발 뒤로 물러선 것은《이 색 다 바나나》라는 책을 보았기 때문이다. 책에선 이렇게 말한다.

사과가 항상 빨간 건 아냐.

풀도 항상 초록은 아니야.

구름은 보통 흰색이지만.

바나나는 색을 보면 언제 먹어야 할지 딱 알 수 있어.

그러면서 대상마다 25개의 색을 보여준다. 더 많을 수도 있겠지만 지면상 그 정도로만 보여주는 것일 게다. 사과든 살구든 익지 않았을 때엔 파랗다는 정도쯤은 알고 있지만 익지 않았을 때는 왜 사과나 살구라고 생각하지 않았을까? 아니면 우리가 새순이 나올 때와 꽃이 피었을 때 그리고 물이 들었을 때나 나무를 바라보듯 익어가는 과정을 지켜보지 않아서 그 존재를 잊고 있는 탓일까? 더 나아가 모든 과일들을 우리가 맛있게 먹을 수 있을 때가 되어서야 그 존재의 가치를 인정하기 때문일까?

그것도 아니라면 학교에서 그리 교육을 받았기 때문일지도 모른다. 사과는 빨갛고 하늘은 파라며 바나나는 노랗다고. 너무 많이 불러서 자면서도 부를 수 있는 노래 가사에도 '빨강은 사과, 바나나는 길어. 길면 기차…'이다. 무조건 사과는 빨갛고 바나나가 길면 기차라면서 아무런 기준도 없이 주입 당했다.

그래서 25개의 다채로운 색으로 표현한 사과, 풀, 바나나, 흙, 빨간 장미, 불 색깔들을 보는 순간 망치로 머리를 맞는 기분이었다. 네모난 틀 안에 색을 표현한 것은 이제 그 틀에서 나와 보라고 손짓하는 것 같았다.

이 책 덕분에 나는 토종이 아니라고, 그냥 이름도 없는 풀이라고 쳐다보지도 않던 그 붉은 꽃을 찍으려고 한 발 다가서게 된 것이다. 놀랍게도 그건 '붉은토끼풀'이라고 나왔다. 그 순간 얼마나 놀랐는지 모른다. 그리고 스스로 높은 벽을 두르고 있었던 나 자신이 부끄러웠다. 실은 내가 토종이라고 생각하고 있던 토끼풀의 원산지가 유럽이어서 토종도 아니다.

앞서 출간된 이장미 작가의 《달에 간 나팔꽃》을 개인적으로 높게 평가한 부분이 이와 일맥상통한다. 나팔꽃을 지칭할 때 꽃이 피었을 때만이 아니라 전체의 상태를 나팔꽃으로 표현하고 있었다. '꼼꼼하게 꽃을 접은 나팔꽃은, 초록 열매가 된 나팔꽃은, 갈색 열매가 된 나팔꽃은, 까만 씨앗이 된 나팔꽃은'이라면서 모든 순간을 나팔꽃으로 말하고 있다.

이미 시들고 씨앗이 된 것을 나팔꽃이라 표현한 것은 작가가 얼마나 깊고 넓은 시간을 나팔꽃과 함께했는지 알 수 있을 것 같다. 시간의 흐름에 따라 형태는 변했을지언정 나팔꽃의 본성은 변하지 않고 단지 순환하고 있다는 것을 지켜보았을 것이다. 어르신 느티나무가 모든 순간의 색을 아름답다고, 죽은 가지들도 자신이라고 말한 것과도 다르지 않다.

나는 어떤 사람인가?

열정적인 나, 게으른 나, 활기찬 나, 절망에 빠진 나, 낙천적인 나, 긍정적인 나, 부정적인 나, 유쾌한 나, 우울한 나, 자신만만한 나, 움츠러든 나, 밝은 나, 우울한 나, 도전적인 나, 숨어 있는 나, 다정한 나, 무뚝뚝한 나. 책을 보는 나, 드라마를 보는 나, 분석적인 나, 두루뭉술한 나 등등

색깔로 치면 빨갛고, 파랗고, 검고, 푸르뎅뎅하고, 누르스름하고, 희뿌연하고 등으로 표현할 수 있다. 그리고 내가 보는 나가 있고, 남이 보는 나도 있다. 삶이라는 것이 참으로 복잡하기 때문에 순간의 감정이나 살아가는 태도가 늘 같을 수는 없다. '나'라는 사람은 하나지만 여러 모습을 지닐 수 있다는 것을 《이 색 다 바나나》가 말해 주고 있다. 단정 짓는 것의 위험성을

알려주는 책이다. 그리고 가장 빛나고 화려한 때만을 나라고 인정한다면 그렇지 못한 시기에는 우울감에 빠지지 않을까?

나를 보는 눈이 유연할수록 타인을 대하는 태도나 다른 대상을 보는 눈도 달라질 것이다. 내가 빛나지 못하고 부족할 때에도 나이듯 상대 역시 그러하다고 인정할 때 관용이 생기고 포용력도 생긴다.

이 책을 읽은 지 얼마 안 되었을 때 아는 이가 붉은아카시아꽃을 보았다는 말을 했다. 찾아보니 인터넷에 많이 올라와 있었다. 이집트나 케냐 서부 세네갈에 분포하는 종이라고 한다.

이번 상록오색길을 걸으면서 처음으로 붉은토끼풀에게 다가간 것은 단순히 꽃을 본다는 의미가 아니었다. 나를 감싸고 있던 단단한 껍질이 열리는 일이었다. 지금까지 내가 알고 있다고 생각한 것들이 과연 맞는 것인지 의심하게 한 일이었다. 그런 의미에서 이번 일은 내게 혁명과도 같은 일이었다. 획일적이고 이분법적인 사고체계를 다시 점검해보아야 한다고 뇌리를 때렸으니 말이다.

선입견이나 고정관념은 위험하다. 본인의 기준에서 벗어난 일은 인정하지 않도록 만들기 때문이다. 그래서 내 편 네 편이 생기고 벽이 만들어지고 문을 닫아버린다. 물조차도 흐르지 못하게 한다. 물이 없으면 어떤 생물도 살아갈 수 없다.

다행히 더 나이 들기 전에 붉은토끼풀에게 다가갔기에 내 안에 물이 흐를 수 있는 길이 생겼다. 이젠 함부로 '아니다'라고 말하지 않을 것이다. 고개가 저어지는 일이라도 조용히 먼저 검색창을 열어보자. 단 몇 초면 가능한 일이다.

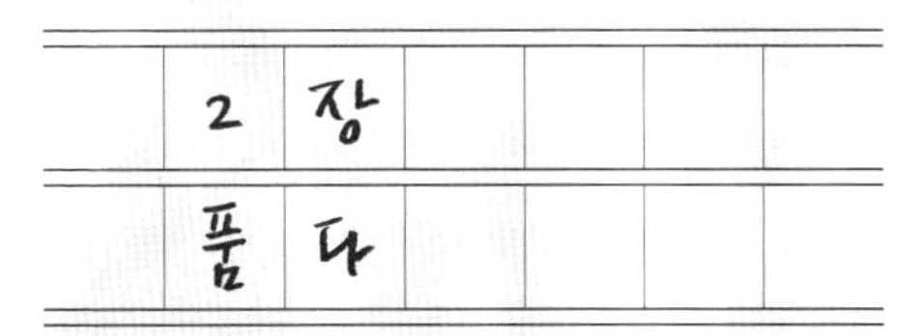

새삼스럽게 다시 보이는 세상의 풍경

걸을 수 있을 때 걸어라

걸을 수 있을 때 걷고
쓸 수 있을 때 써라.

'때로는 그냥 빈손으로 나서자'면서 상록오색길로 향했다. 실은 신간 본문 교정과 표지 시안까지 마치느라 문장을 준비할 틈이 없었다. 한편으론 일단락 지었으니 편한 마음으로 걸어도 좋겠다 싶었다. 속에 들어찬 것들을 길 위에 훨훨 쏟아놓으며 걷는 것이 이날의 콘셉트라면 콘셉트였다.

느티나무는 더 색이 짙어지고 무성해져 있었다. 울타리를 따라 돌면서 몸통을 보았다. 나무들이 에워싸고 있는 언덕에 있어 큰 바람이 닿을 것 같지도 않은데 울퉁불퉁 튀어나온 것을 보니 남모르는 고통을 온몸으로 받아들였을 것이란 생각에 미쳤다. 큰 피해가 없는 지역이어서 이름마저 '안산'인 이곳에 발을 들인 후, 우리 가족이 눌러산 지 30년 가까이 되었다. 우스갯소리로 '안 산다 한 산다 하면서 안 떠나는 곳이 안산'이라는 말이 유명할 정도이다.

신혼 시절 인천에서 시댁인 수원으로 다니면서 보게 된 초록 풍경에 반해 이사하게 되었다. 하지만 그 긴 세월 동안 어떤 피해도 입지 않았다. 그렇다 해도 느티나무가 지나온 400년이 넘는 시간이라면 어찌 힘든 날이 없었겠는가.

여전히 일찍 일어나기 어려워 늦게 나온 탓에 해는 중천에 있어 걸음을 재촉했다. 1코스는 그나마 그늘이 있는 편이지만 다른 코스에선 양산을 쓰고 다녀야 할 만큼 더웠다. 하지만 볕이 강하면 어떠랴. 걷는 내내 두 발로 걸을 수 있다는 것에 행복감이 파도처럼 밀려왔다.

그러자 귓가에서 다음과 같은 말이 들려오는 듯했다.

걸을 수 있을 때 걷고

쓸 수 있을 때 (글을) 써라.

'그럼, 배 들어올 때 노 저으라는 말?' 농담처럼 이런 말도 들려왔다. 코로나가 아니었으면 이런 여유를 부릴 수 없었을 테니, 내게 물이 들어온 것이 맞다. 하지만 그것과는 또 다르다. 물이 들어오지 않는 동안에 미리 그물도 손질해 좋고, 꾸준히 근육도 키워놓고, 주변 정리도 잘해 놓고 있다가 물이 들어오면 망설이지 말고 배를 띄우라는 말이다. 이런 준비가 없다면 아무리 물이 들어와도 어찌 바다로 나갈 수 있겠는가.《한서 열전》에서 반고가 말했다는 "새가 날갯짓을 익히지 않으면 천 리를 날아갈 수 없고, 문 안을 잘 단속하지 않으면 문밖의 일을 완벽하게 해낼 수 없다."라는 말이 그 말이다.

일반 사람들에게는 조금 버거울 수 있는 15킬로미터의 상록오색길을 걷기 위해선 평소에 열심히 걸어서 다리 근육도 키워놓고, 문장도 미리 준비해놓아야 한다. 집안에 할 일이 남아 있어도 길을 나설 수 없다.

글을 쓰기 위해서는 평소 책을 많이 읽어서 감각과 문장력을 키우고, 무엇을 쓸지 사색과 상상을 멈추지 않아야 하며, 글감도 떨어지지 않게 늘 생각해 놓아야 한다. 어느 날 갑자기 쓰려고 하면 절대 나오지 않는 것이 글이다.

"걸을 수 있을 때 걸으라."라는 말은 지금도 실감하지만 앞으로 점점 더 현실적으로 다가올 수도 있다. 시어머니는 지금의 내 나이보다 더 젊으실 때부터 무릎에 통증이 있어 신경통약을 복용한 게 30년이 넘었다. 옆에서 보기에도 많이 안타깝다. 조금씩 운동하시라고 예전부터 말씀드렸지만 통증 때문에 걷기 힘들다고만 하셨다.

우리 몸은 나이를 먹으면서 점점 노화되기 때문에 관리하지 않으면 걷고 싶어도 걷지 못할 수도 있다. 하지만 우리는 늘 건강할 것처럼 대한다. 자연 속에서 유유자적 걷는 것을 좋아하는 사람이라 건강할 때 열심히 걷고 싶다. 책상 앞에 앉아 있으면 앉아 있을수록 걷는 즐거움을 누리지 못한다.

글도 마찬가지다. 우리 인간은 지극히 습관적 동물이다. 살아가면서 더욱 실감한다. 좋아하지 않은 것도 자주 하게 되면 몸이 알아서 하게 되지만 아무리 좋아하는 것도 멀리하기 시작하면 점차 잊게 되고 녹슬어버린다. 최근 집 안에 있는 날이 많아지자 영화를 보는 날도 많아졌다. 한 편 두 편 보다 보니 거실 소파에 앉으면 자꾸만 리모컨을 들어 영화를 검색하는 나를 발견하곤 한다. 해야 할 일이 있는데도 잠깐 보자고 한 것이 새벽까지 이어지는 날도 있다. 리모컨의 유혹을 이겨내기 힘들게 만든 건 바로 나도 모르게 젖어 든 습관이 한몫했기 때문이다. 따라서 몸과 마음이 따라주어 쓸 수 있을 때 쓰지 않으면 한 문장 써내는 것도 어려울 것이다.

걷기와 글쓰기에 대해 생각하면서 걸었다는 것은 그만큼 이 두 가지가 큰 즐거움을 주는 것이라는 말이다. 조선 후기의 문인 이용휴가《탄만집》에 썼다는 '하고자 하는 일이 있다면 오늘이 있을 뿐이다.'라는 문장을 처음 보았을 때는 무슨 의미인지 잘 헤아리기 어려웠다. 그런데 이제는 알 것 같다. 걸을 수 있을 때 걷고, 쓸 수 있을 때 쓰라는 말, 그러니까 미루지 않고 바로 하라는 말이겠다.

어떤 이유로든 내가 좋아하는 것들을 하지 못하게 되는 날이 온다면 어떨까? 시간적 여유 때문에 걸을 수 없거나 글을 쓸 수 없는 것이 아니라 아예 걷지를 못하거나 글 쓰는 능력을 상실했기 때문이라면 말이다. 많이 슬플 것이다. 훗날의 일을 미리 끌어와서 굳이 그렇게까지 생각할 필요가 있겠느냐고 할 수도 있다. 하지만 언제든 누릴 수 있을 것이란 느긋함에 미루다가 그 즐거움을 누리지 못한다면? 이용휴 말을 빌려 쓰면, '하고 싶은 것이 있다면 지금 바로 해라.'이다.

그런 생각을 미리 당겨와서 했기 때문에 아직은 튼튼한 다리에게 깊이 감사하는 마음으로 걸었다. 까짓 양산을 쓰고 걷는 것쯤 무슨 대수랴 하며 걸으니 마음 안에 보름달이 빵빵하게 들어앉아 같이 걸었다. 가까이 있어 찾을 수 있는 상록오색길에게 힘차게 하이파이브라도 해주고 싶은 날이었다.

당신의 눈은 내게 창을 열어주었어요

당신의 말은 내게 창을 열어 줍니다.

가즈오 이시구로, 《녹턴》, 민음사

제주의 한 숙소에서 지인을 만나고 있던 나는 올레길 걸으러 간다고 짐을 챙기고 있었다. 그런데 19코스와 20코스를 두고 어디로 가야 할지 결정을 못 하고 있었다. 지도를 보니 데칼코마니 같은 길이 양쪽으로 반원을 그리고 있었다. 그렇게 결정도 못 하고 숙소도 나서지 못한 채 깨어났다. 꿈이었다.

상록오색길 걸을 생각을 하며 잠자리에 들었기 때문인 듯했다. 중간중간 잠이 깼고, 8시도 안 되어 일어날 수 있을 거라 생각했지만 결국 9시가 넘어서야 일어났다. 날이 더워지고 있어서 일찍 일어나야 한다는 부담이 제주 올레길 꿈으로까지 이어진 것 같았다. 그래도 다른 날보다 좀 이른 시간인 10시 40분경에 나설 수 있었다.

느티나무는 겨울과 초봄 때의 모습과는 전혀 다른 모습이었다. 한껏 무성하고 진한 녹색으로 자신의 풍모를 보여주고 있었다. 느티나무 어르신이 품고 있는 언어는 그만큼 풍성하고, 그만큼 지혜가 깊으며, 그 정도로 인내심이 강하다는 걸 온몸으로 말하는 듯했다. 어르신 앞에 서면 위엄과 품격에 절로 고개가 숙여진다. 내가 좋아하는 이유이기도 하다. 나는 이런 말을 하고 싶었다.

'어르신은 서 있는 그 모습 자체로 제게 창을 열어 줍니다.'

어떤 질문을 해도 느티나무 둘레를 천천히 돌고 나면 늘 답이 들려오니 말이다. 설령 그것이 내 마음속에서 나온 것이라 할지라도, 다른 곳에서는 그리 빨리 나오지 않으니 분명 상관관계가 있다고 믿는다. 나는 그동안 두 번이나 울타리 안으로 들어가서 술과 음식을 바치고 절하는 사람을 보았다. 무속인으로 보였다. 그 정도로 느티나무엔 신성까지 느낄 수 있는 기운이 있다. 그래서 상록오색길 걷는 출발점을 늘 느티나무로 잡는다.

이번에 가져간 문장은, "당신의 말은 내게 창을 열어 줍니다."이다. 노벨문학상 수상자 이시구로의 《녹턴》을 읽으면서 가장 마음에 와 닿은 문장이다. 세 번째 책 《비로소 나를 만나다》의 출간을 바로 앞두고 있었기 때문이리라. 내 글이 누군가에게 창이 되어서 그 사람의 마음을 환히 열어주었으면 하는 바람 때문에 말이다.

늘 그랬듯 이번 책을 쓰면서도 긴장과 불안감이 있었고, 이에 관해 쓴 부분도 있다.

> "1차는 출판사에 원고를 보내고 나서 피드백을 받을 때까지이다. 2차는 파일 속에 갇혀 있던 글이 종이에 인쇄되고 멋진 표지로 묶여, 세상 밖으로 막 나와 독자들에게 넘어갔을 때이다."
>
> 김건숙, 《비로소 나를 만나다》

2차의 긴장감은 첫 리뷰에 따라 달라지는데 긍정적인 리뷰가 몇 편 이어진다면 나를 흔든 그것들은 일시에 사라진다. 그러면서도 책 내는 것을 멈추지 못하는 것은 초등학교 때부터 품은 꿈이기에 의심조차 않는 것에서 비롯된 힘인지도 모른다. 그것은 어떤 일을 하든 그 일을 왜 하는지를 가장 중요하게 여기는 생활 철학마저도 사라지게 한다.

"책을 엮는 것은 흠모하는 산을 오르는 일이며, 정상에 올라 아름다운 풍경을 만나고 싶다는 욕구이다. 그러므로 출간을 계속한다는 것에는 의심의 여지가 없으면서, 내 글이 책으로서 가치가 있는지에 대한 의구심은 여전한 불균형 게임 속에 있다."라고도 썼다.

당신의 글은 내게 창을 열어 줍니다.

이 문장을 떠올리며 뜨거운 볕 속에서 열심히 걸었다. 한 시간쯤 걸었을 때 쉬고 싶었다. 의자에 앉아 가방에서 얼음물을 꺼내 목을 적셨다. 그러고선 휴대폰을 보고 있었는데 갑자기 강아지가 짖는 소리에 놀라 고개를 들었다. 주인과 함께 옆 의자에 와서 앉아 있던 강아지가 몸을 날려 새를 쫓고 있었다.

견주인 젊은 아가씨가 내게 죄송하다고 했다. 나는 괜찮다면서 주인을 지키기 위해서 그런가 보다, 나도 강아지 키운다, 몇 살이냐 하며 몇 마디 건넸다. 혼자 살면서 강아지를 키운다는 아가씨는 큰딸과 동갑이었다. 강아지를 키우는 사람들의 공감대는 빠르고 강해서 청년에게 바로 친근감을 느꼈다.

청년은 강아지 돌보는 이야기에서 자연스레 자신이 사는 이야기로 이어갔다. 사회복지사 공부하면서 동네 마트에서 아르바이트한다고 했다. "요즘 특별히 아르바이트할 만한 곳이 없어요. 스트레스받고 힘도 들지만 이제 준비하는 거 마칠 때까지만 하려고요. 그런데 내가 눈코 입이 없나, 청소도 잘하고 일도 열심히 하는데 사장님이 날 마음에 들어 하지 않는 것 같더라고요.

아줌마들 상대하는 거라 힘도 들지만 이제는 정도 들고 괜찮아요. 행사하는 물건 연구해서 손님들에게 설명도 해요. 처음엔 얼굴이 뜨거워지고 말하기도 힘들었지만 무말랭이를 아주 많이 판 날 사장님이 인정해 주시는 것 같더라고요. 지금은 손님들도 예뻐해 주고, 며느리 삼는다는 사람도 있고, 사모님도 유통기한이 지난 식품은 챙겨주셔요. 콩나물이나 숙주 같은 것 잘 주시는데 데쳐서 먹으면 맛있어요."

종일 걸어야 하는 나는 청년이 이야기하는 동안 속으로 갈등했다. '언제 이야기가 끝날까, 어디에서 내가 일어나면 좋을까?' 하면서 말이다. 하지만 겉으로는 웃으며 연신 고개를 끄

덕여주고 맞장구쳐 주기를 계속했다. 청년이 말했다. "원래 저 말 많이 안 하는데 먼저 말 걸어주셔서 많이 하게 되네요." 그러면서 마트가 어디쯤에 있으니 놀러 오라고도 했다. 그 사이에 청년이 어디에서 어떻게 살다가 왔으며, 남자 친구도 있고, 강아지 이름은 뭔지, 마트에서는 얼마나 일했는지 등의 정보까지 알게 되었다.

끝이 없을 것 같던 청년의 이야기가 어디에서 어떻게 마무리되었는지 잘 기억이 나지 않지만 서로 인사하고 헤어졌다. 상록오색길 걸으며 누군가와 이야기를 나눈 것은 이때가 처음이었다.

나는 양산을 펴고 다시 길을 걷기 시작했다. 그러자니 전에 있었던 비슷한 일이 떠올랐다. 10년 전 자궁에 선근종이 있어 수술하고 입원해 있었다. 그런데 옆 침대에 입원해 있던 환자는 20대 아가씨였다. 얼굴도 예쁘고 붙임성이 좋은 청년이었다. 고향은 원주이고, 부모님은 이혼했는데 청년의 엄마는 다른 남자를 만나 살고 있다고 했다.

청년은 고등학교 다닐 때도 아르바이트하면서 스스로 학비와 생활비를 벌어야 해서 횟집에서 아르바이트를 했다. 그때

알게 된 주방장과 동거를 하고 있는 중이었다. 무슨 이야기를 했는지 세세한 것은 잘 떠오르지 않지만 평탄치 못한 가정사를 이야기했다. 밤늦게까지 내게 들려주면서 누구한테 자신의 이야기를 잘하지 않는데 이상하게 나한테 다 털어놓게 된다고 했다.

어떤 날은 친구들 이야기를 했는데 그들도 가정 형편이 비슷하였는지 고등학교 졸업 후 노래방이나 술집 등에서 일한다고 했다. 그리고 다음 날 아침 일찍 친구들이 병문안 왔다. 밤새 일하고 왔을 그들의 차림이 청년과는 많이 달랐지만 이질적으로 느껴지지 않았다. 미리 이야기를 들었고, 청년의 순수하고 인간적인 면을 보았기 때문일 것이다.

그런데 하루는 청년이 진료실에 다녀오더니 표정이 굳어있었다. 다른 병으로 입원해 있었는데 피검사에서 그 무서운 에이즈 바이러스가 나왔다는 말을 들었다고 했다. 너무 놀랐다. 처음으로 본 에이즈 환자가 그 착하고 예쁜 청년이라니, 날벼락 같은 소식에 마음이 많이 아팠다.

곧 청년의 엄마가 와서 청년을 원주로 데려갔다. 내가 몸을 잘 못 움직일 때는 다 먹고 난 식사를 가져다주는 등 친절하고 싹싹한 청년이었다. 길지 않은 삶 속에서도 고된 청년의 삶이 무척이나 안쓰러웠고, 질풍노도의 시기에도 엇나가지 않고 밝게 성장한 모습이 대견했는데 그 몹쓸 병에 걸렸다니 안타까움이 가득했다. 종종 청년의 안부가 궁금했지만 알 길은 없었다.

오늘 만난 예비 사회복지사 청년이나 병원에서 만났던 그 청년에게는 내가 그들 마음에 창을 열어주었던 것일까? 자신의 이야기를 잘하지 않는다는 그들이 길거리에서, 병동에서 처음 만난 나에게 거리낌 없이 속내를 보였으니 말이다.

특히 오늘은 마스크를 하고 두 눈만 빼꼼 내놓고 있었으니 내 눈이 청년의 마음속 말들을 꺼내게 한 힘이 있었던 것일까? 그렇다면 아마 이런 뜻이겠지.

"당신의 눈은 내게 창을 열어 주었어요."

비록 오늘의 바람이 '글'로써 많은 이들의 마음에 창을 내주는 것이었지만 같은 말이 아닐까. 글은 그 사람을 대신하는 것이니 말이다. 마음을 기울여 상대의 말을 들어주는 태도로 글도 쓰면 되지 않을까 생각했다.

뼈마디가 쑤셨다

나에게, 풍경은 상처를 경유해서만 해석되고 인지된다.

김훈, 《풍경과 상처》, 문학동네

그림책 심리학 강의 시간에 '감각'에 대한 설명을 들었다. 우리가 어떤 것을 보면 첫째 외부에서 들어오는 이미지가 있고, 다음으로는 내장에서 뇌로 보내는 내장 감각 이미지, 즉 자율 신경 이미지가 있으며, 마지막으로 근골격계에서 느껴지는 이미지가 있는데 이것들을 합한 것이 '감각'이라는 것이다. 평소 많이 쓰는 말인데 그저 뭉뚱그려서 우리 몸이 오감을 통해 느끼는 것으로만 간단하게 생각했었다. '감각'이라는 말이 이토록 어려운 것임을 알았다.

그래도 내장 감각 정도는 알겠다. 어떤 것을 보거나 듣고 생각할 때 심장이나 위장 또는 대장의 반응을 느낄 수는 있으니까 말이다. 그런데 근골격계에서 느껴지는 것이라니 이해하기가 어려웠다. 정강이뼈나 손목뼈 등으로도 느낀다는 것인데 생각해보니 내겐 그런 경험이 없다.

이틀이 지난 오늘 우연히 김훈 작가의 책 가운데 가장 좋아하는《풍경과 상처》의 서문 '모든 풍경은 상처의 풍경일 뿐'을 열었다. 거기에 밑줄 그어 놓았던 문장들이 바로 '감각'과 연결되었다.

> 나에게, 모든 풍경은 상처를 경유해서만 해석되고 인지된다.

그리고 다음 페이지에는, "나는 모든 일출과 모든 일몰 앞에서 외로웠고, 뼈마디가 쑤셨다."라는 문장이 있었다. 김훈 특유의 표현법이기 때문에 밑줄 그어 놓았을 것이다. '상처를 경유'한다는 말은 내장 기관에서 먼저 느낀다는 말일 것이고, '뼈마디가 쑤셨다.'라는 말이 바로 근골격계에서 느껴지는 것이지 않겠는가.

그의 문장들이 독특하고 끌림이 있었던 것은 바로 그런 예민한 감각 기관을 거쳐서 나왔기 때문이 아니었을까. 몸으로 읽어내야 했던 그림책 심리학이 내게는 쉽지 않았다. 무엇이든 뇌로 읽고, 뇌로 판단하고, 뇌로 평가하는 머리형인 내가 몸으로 읽어내는 것은 많이 낯설었다. 하지만 몸으로 읽어낸 것이야말로 훨씬 실감 나고 기억도 오래갈 것이다. 그래서 감각적인 글이 생생할 수밖에 없다.

전부터 가장 존경하고 좋아한 소설가는 김훈이다. 김훈처럼 보고, 김훈처럼 느끼고 김훈처럼 표현하고 싶었다. 그의 에세이집《풍경과 상처》를 읽었을 때 이런 생각을 했다.

'김훈 작가는 풍경일까? 그렇다면 무슨 풍경일까? 강물이었던 그는 어느 사이 가을 산이 되어 있다가 노을로 지는가 하면 억새로 슬며시 피어나기도 한다. 그러다가 겨울나무의 뼈인가 하면, 이번엔 여리디여린 봄의 새순이 되어 있기도 했다. 그러니 도대체가 종잡을 수 없다. 그는 우주이며, 모든 풍경을 품고 있는 들판이다. 나는 그의 우주 속으로, 들판 속으로 들어가 한 줄기 빛살이 되고, 한 줌의 흙이 되어 거기에 스며들고 싶어진다. 그래서 그의 한 줄 문장이 되고 싶다. 단 하나의 단어라도 좋으니 그의 손끝에서 우러나는 언어가 되고 싶다.'

그의 시선으로 세상을 바라보고 싶었는데, 오늘에야 그의 감각 기관에 깊은 내공이 있음을 알았다.

걷기로 한 날인데 피곤했는지 10시가 넘어서야 겨우 일어나 김훈의 문장을 엽서에 쓰고, 나설 준비를 해서 상록오색길로 갔다. 어제부터 내린 장맛비는 오후가 되면서 그쳤다. 비가 오거나 해가 뜨거나 그 자리에서 전혀 흐트러짐 없이 서 있는 느티나무 주위를 돌면서 묻지 않을 수 없었다.

"어르신은 풍경을 어떻게 읽으시는지요?"

어떤 질문을 해도 친절하게 대답해 주는 어르신은 이번에도 망설임 없이 답해주었다.

"뿌리는 어둠 속에서도 초감각을 사용하여 지하 세계를 탐사한다네. 그리하여 취할 것과 버릴 것을 구분한다네. 어둠 속의 풍경을 읽고 인지해내는 방법이지. 그리하여 몸에 필요한 영양분이나 물들을 쭉 끌어올려 위로 가져다준다네. 혹여 내 근처에 베인 나무라도 있으면 뿌리로 양분을 전해주어야 하니 그런 나무는 없나 살펴보는 일도 잊지 않지. 가지 끝으로는 햇살과 바람의 결과 방향 그리고 새 날갯짓까지 읽어낸다네. 상처가 아문 옹이로도 읽어내지. 내게 풍경은 생존 그 자체이기 때문이라네."

아, 느티나무도 김훈처럼 상처와 온몸으로 읽어낸다는데, 나는 무엇으로 풍경들을 읽었을까? 정서 내지는 추억 또는 그리움 등이 아닐까?

그쳤던 비가 보슬비로 바뀌고, 중간에 제법 굵은 비가 쏟아지던 상록오색길의 풍경은 여느 날과는 다른 느낌이었다. 제법 운치도 있었다. 이어지는 길을 걸으면서 만나는 풍경들을 다른 감각으로 읽어내려고 애썼으나 역시 쉽지 않았다. 대신 김훈 작가라면 다음의 풍경들을 어떻게 읽어낼지 계속 생각했다.

딱 버티고 서 있는 느티나무
지천으로 피어 있는 개망초
쑥 자란 갈대숲
연한 안개가 피어 있는 강가
붉어지고 있는 해당화 열매들

초록 벼들로 덮인 들판

우비 입고 자전거 타는 사람들

사람들이 다니는 개천 길에서 아무런 경계심도 없이 머리를 깃에 박고 자는 거위 떼

그가 저런 풍경을 보았다면 어떤 감각으로 읽어내고 어떻게 토해낼까?

일찍이 《자전거 여행》에서 탄성을 자아내게 한 그의 묘사력도 보았고, 칼의 노래를 비롯한 소설 속에서 감히 넘볼 수 없는 문장의 경지를 보았으니, 내가 어찌 그의 감각과 표현법을 훔쳐 오고 어떻게 흉내 낼 수 있겠는가. 그가 살아온 삶과 그가 읽어 온 책이 다르고, 그의 사유의 깊이와 결이 다르거늘, 감히 그럴 수 있겠는가. 무엇보다도 그의 예리하고 예민한 근골격 '감각'을 어찌 따라 할 수 있을까?

그래도 난 그의 뒤꿈치라도 보고 배우고 싶으니 《풍경과 상처》를 읽고 또 읽어보리라 다짐했다. 그리하여 나의 근골격계 감각을 깨워보리라. 다만 나는 그가 아니므로 내 중심은 꽉 잡아야 하리라.

내 봄을 축하해

봄을 맞이하는 파티를 해야겠어.

나현정, 《봄의 초대》, 글로연

3월이지만 날씨는 한 겨울이다. 어쩌다 날이 따뜻해지기라도 하면 그 틈을 노리기라도 한 듯 미세먼지가 달려온다. 이처럼 추위와 미세먼지가 번갈아 오니 더욱 봄이 간절하다. 작년과 재작년은 코로나로 맑은 날이 많았는데 다시 예전으로 돌아왔다. 게다가 코로나 감염자 수는 연일 10만 명이 넘어서고(어제는 60만 명이 넘음), 러시아가 우크라이나를 침공한 전쟁까지 일어나 더욱 가라앉은 분위기다.

새싹이네.

이제 겨울이

끝나려나 봐.

봄을 맞이하는 파티를 해야겠어.

그림책 《봄의 초대》에서 이 문장들을 보는 순간 그 시름들이 싹 달아나는 기분이었다. 특히 "봄을 맞이하는 파티를 해야겠어."에선 심장이 일렁거려서 페이지를 넘기지 못하고 한참 머물렀다. 몇 줄 안 되는 문장들이 금세 마음을 바꾸어 놓다니 바로 이런 것이 마법이지 싶었다. 곧이어 내 마음도 따라 일어섰다.

'나도 잔치를 해야겠어. 봄을 맞는 잔치!'

나는 바로 노트를 꺼내 단어들을 쓰기 시작했다. 올봄에 나를 행복하게 만들어 줄 단어들을 떠올렸다. 곧 그들을 데려와 잔치를 열 것이다.

반려견 산책을 하면서도, 뒷산 숲길을 걸으면서도, 밥을 먹으면서도 계속 단어들을 떠올렸다. 그렇게 불리어 온 단어들 가운데 더 마음이 많이 가는 것으로 4개를 골랐다. 그리고 그것들을 엽서에 써서 상록오색길로 들고 갔다.

"어르신, 봄이 참 더디 오네요. 겨울잠에서는 깨어나셨나요?"

"자네 왔나? 겨드랑이가 좀 간질거리는 느낌이 드네. 그래서 이제 그만 잠에서 깨어나 봄 맞을 준비를 하려던 참이네. 우리에게 봄은 아주 중요한 시기라네. 이제부터 에너지를 모아야 하니 말일세."

"그러실 테지요. 잎을 틔우고 꽃을 피우려면 많은 에너지가 필요하고, 질병을 막을 힘도 필요할 테니까요. 오늘 저는 빈센트 반 고흐라는 화가가 그린 화사한 꽃들이 활짝 피어 있는 그림을 가져왔어요. 그리고 뒤에다 이번 봄에 초대하고 싶은 단어들을 써 가지고 왔어요. 바로 '바람, 맨발걷기, 1일 1클래식 그리고 결단입니다. 올봄 저와 친구가 될 단어들이에요.

저는 이것들을 온몸으로 맞을 거예요. 오늘은 이 단어 친구들을 하나하나 떠올리면서 걸으려고요. 어르신은 올봄에 초대하고 싶은 친구가 있나요?"

"단어 친구들 이야기하면서 얼굴에 웃음이 가득한 걸 보니 자네의 올봄은 개나리처럼 노란빛으로 물들 것 같네그려. 꽃 그림도 화사해서 눈이 부셔. 나도 물론 초대하고 싶은 친구들이 있지. 부드러운 바람과 따스한 햇살, 싱그러운 노래 선물해주는 새들, 그리고 아름다운 노을과 은은한 달빛이지. 작년처럼 올해도 이 친구들과 별 탈 없이 잘 지낼 수 있다면 그걸로 족하다네. 그럼, 잘 다녀오게나."

안부 인사를 기분 좋게 마친 나는 등산화를 벗어 비닐에 넣어 가방에 매달고 길을 걷기 시작했다. 1코스가 끝나고 들판으로 들어서면 거기에 봄이 있지 않을까 하는 기대를 품고 엽서에 써 간 단어들을 찬찬히 들여다보았다.

바람, 맨발걷기, 1일 1클래식, 결단

바람

봄을 맞이하는 잔치에 가장 먼저 초대하고 싶은 대상은 '바람'이었다. 예전 같으면 '햇살'이라고 했을 것이다. 밝고 따스한 햇살이 대지를 녹이면서 봄이 시작될 테니 말이다. 그런데 햇살은 왠지 수동적으로 느껴지고 바람이 역동적으로 느껴진다. 아무래도 긴 시간 코로나가 이어지고 있어 잔잔한 햇살보다는 새 기운을 불러일으킬 바람을 떠올렸는지 모르겠다.

영화 〈해피해피 레스토랑〉에서 "오늘 아침에도 기분 좋은 바람이 목장으로 태양의 향기를 실어다 줬어요."라고 한 것처럼 바람이 햇살을 업고 오면 되겠다. 겨울잠에 잠겨 있는 나무와 언 땅에 바람이 스치면 그들이 일어나고 천지엔 비로소 새 생명들이 탄생하면서 봄이 시작될 것이다. 어디 그것이 나무와 땅뿐이랴. 생명 있는 것이라면 모두 보드랍고 따스한 바람의 세례를 맞고 싶어 할 것이다.

나 역시 바람의 감촉을 느끼면서 내 감각을 깨우며 교감하고 싶었다. 긴 옷차림에 마스크를 쓰고 있어서 제대로 느낄 수는 없겠지만 버선발로는 모자라 맨발로 맞이하고 싶었다. 계절에 상관없이 온몸으로 바람을 맞고 껴안으면 생의 기쁨을 만끽하리라.

바람이란 그런 존재이다. 특히 봄이 오기를 간절히 바라는 지금 바람 속에서 자유와 생명의 기운을 받고 나면 없던 입맛도 되살아날 것이다. 바람은 오감, 육감을 넘어 영감을 실어다 줄 존재이다. 피부에 와닿는 바람 한 자락도 그냥 지나치지 않고 껴안겠다는 마음으로 걸었다. 무디어져 있는 내 감각을 바람이 깨우면 내 감성은 더욱 충만해질 것이고, 내 삶은 신의 은총을 받은 듯 윤이 나리라.

행복을 느낄 줄 아는 사람의 삶은 앞으로 나아가게 되어 있다. 올봄 나는 바람을 초대하여 그의 기운에 기대어 더 나은 사람으로 뚜벅뚜벅 걸어가련다.

맨발걷기

며칠 전 아침 일어나자마자 습관적으로 휴대폰을 열었는데 연두색 그림으로 바뀌어 있었다. 3월이 되었다고 센스 있는 통신사가 바꾸어 놓았나 생각했다. 2월 28일이었다는 걸 나중에 알았지만 그 그림에서 힘을 받은 나는 벌떡 일어나 간단한 요기를 하고 바로 뒷산으로 올랐다. 오래간만에 미세먼지도 없고 기온도 좀 올라와 있었다. 열심히 걷고 있는 사람들 옷도 많이 얇아져 있었다. 나 역시 얇은 겉옷을 입고 나갔다.

숲길로 들어선 뒤 등산화도 벗고 양말도 벗었다. 한겨울에 맨발로 걸었다가 냉기가 훅 타고 올라와 다시 신은 적이 있는데 드디어 맨발걷기의 계절이 돌아왔다. 봄을 기다린 가장 큰 이유가 바로 맨발걷기였다.

맨발걷기에 관심이 많았던 작년에 알고나 걷자고 그에 관한 책을 한 권 샀다. 그동안은 맨발로 걸으면 지압이 되어 혈

액순환을 좋게 할 것이라는 생각만 하고 있었는데 그 효과가 엄청나다는 걸 알았다. 책을 읽고 난 뒤에는 누굴 만나거나 통화라도 하게 되면 맨발걷기를 적극 권유했다. 하지만 실제로 행동으로 옮기는 사람은 거의 없었다.

우리의 질병 가운데 약 90퍼센트, 좀 자세히 말하면 암·동맥경화증·당뇨·뇌졸중·심근경색·간염·신장염·아토피·파킨슨 등은 활성산소와 관련이 있다고 한다. 그런데 맨발로 걸으면 땅속에 있는 음전하(-)가 몸 안으로 올라와 양(+) 전하를 띤 이 활성산소를 중화시킨다고 한다. 뿐만 아니라 스트레스 호르몬인 코르티솔 분비물을 안정화시키면서 천연의 신경 안정 작용 효과까지 준다고 한다. 책에는 저자가 운영하는 맨발걷기 회원들이 본 효과들에 대해서도 자세히 나와 있다.

맨발걷기는 시간과 용기를 내면 쉽게 건강을 지킬 수 있는 일이다. 맨발로 땅을 밟는 순간 기분이 상쾌해지고 평온해짐을 바로 느낄 수 있을 것이다. 신발을 벗는 순간 거추장스러운 게 싹 사라지는 기분과 함께 자유로움도 느껴진다. 그래서 사람들이 꽤 많이 다니는 상록오색길을 걸을 때도 맨발로 걷는다. 다 걷고 나서 신발을 신으면 내가 그동안 그토록 무거운 걸 신고 다녔나 할 정도이다. 몸이 안 좋거나 나이 든 사람일

수록 맨발걷기를 하면 좋겠다. 그래서 주위 사람들뿐만 아니라 길에서 맨발로 걷는 날 보고 관심을 보이는 사람이 있으면 적극적으로 설명하고 권유한다.

나는 앞으로도 쭉 맨발걷기를 할 것이다. 내 몸과 마음의 활력을 책임져 줄 맨발걷기를 이 봄에 초대하지 않는다면 누굴 초대하겠는가. 형체가 있다면 손도 잡고, 껴안아주고 심하게 뽀뽀도 해주고 싶은 것이 맨발걷기 효과이다.

1일 1클래식

반복적인 것을 별로 안 좋아하는 내가 몸이 배배 꼬일 정도로 지루한 교정을 할 때 〈월광 소나타〉를 무한정 틀어놓고 하기도 했다. 아무리 들어도 각각의 이름을 불러주지 못할 정도로 구분이 어려운 게 클래식이지만 '〈월광 소나타〉만큼'은 다르다. 평소에도 한 번 틀게 되면 종일 듣게 되는 음악이다.

아이들이 어렸을 땐 아침에 모차르트 음악을 틀어서 깨우기도 했다. 아이들 가르치는 일을 할 때엔 클래식 음악들을 들려주고 선이나 색으로 표현하게 하고 글로 써 보게도 했다. 우리 아이들 방학 숙제로도 했다. 잘 알지는 못해도 듣고 있으면 맨발이 땅에 닿을 때처럼 평온해지고 이완된다.

그런데 판소리를 배우면서 클래식은 물론 가요도 거의 듣지 않았다. 코로나가 시작되고서는 한 가수의 팬이 되어 날마다 그의 노래 속에 빠져 있었다. 그러니 클래식이 비집고 들어올 자리가 없었다.

그런데 보도블록 사이로 삐죽 올라온 노란 민들레처럼 맨발걷기와 하루 차이로 클래식이 내게 왔다. 언제, 어떻게 해서 샀는지는 모르지만 책장에 꽂혀있던 《1일 1클래식 1기쁨》이라는 책이 눈에 띈 것이다. 살 당시에는 누군가가 하루에 영어 한 문장 외우듯 클래식을 들어야겠다 했을 텐데 긴 시간 책장에 갇혀 있었다.

그리하여 나는 시기도 딱 좋은 3월 1일부터 잊었던 옛 동무를 찾은 듯 클래식 음악을 만나고 있다. 아침에 일어나 몇 가지 운동을 마치고 나면 그 책을 먼저 읽고 다이어리에 메모한 다음 유튜브에 들어가 음악을 찾아 듣는다. 며칠 사이에도 다채로운 장르의 클래식을 들었다. 민요에서부터 미사곡, 오페라, 교향곡 등에 이른다.

새삼스러운 것이 이 나이 되도록 그 유명한 작곡가들의 풀네임을 모르고 있었다는 사실이다. 학창 시절 우리는 베토벤, 모차르트, 바흐, 쇼팽, 슈베르트라고만 배웠지 비발디가 안토

니오 비발디이고, 베토벤이 루트비히 판 베토벤이라고 안 배우지 않았던가. 클래식을 많이 듣는 사람이 아닌 바에야 일반인이 그걸 어떻게 알 수 있었겠는가.

클레먼시 버턴힐은 잘 차려진 밥상처럼, 그 곡과 작곡가 그리고 곡에 얽힌 일화 등을 한 페이지에 담아 하루에 한 곡씩 들을 수 있도록 책에 잘 구성해 놓았다. 버턴힐은 "곡이 지닌 맥락을 알리고 곡 뒤에 있는 사람들의 이야기를 전하면서, 그 음악 또한 피와 살을 가진 우리와 같은 사람들이 만든 것이라는 사실을 알리고 싶다."라고 한다.

덕분에 약 1주일만으로도 감수성을 흔들어주는 선율에 축복을 받고 있다. 더욱 심장을 뛰게 하는 것은 다채로운 장르와 여러 음악가와 그 음악적 배경을 알아가고, 쌓아가고, 교감하는 기쁨을 만난다는 사실이다. 그러하니 봄맞이 잔치에 빠져서는 안 될 친구이다.

결단

결단, 추상적인 단어를 초대했다.

얼마 전 내 영향력이 적지 않은 모임에서 나왔다. 너무 많은 에너지와 시간을 빼앗겼지만 나오는 데엔 많은 고민과 갈

등이 있었다. 회원들과 깊어진 관계 때문에 더 그러했다. 그런데 계속 질질 끌 수는 없었다. 그 때문에 한동안 머릿속이 복잡했다.

그런데 어느 순간 속으로부터 '결단이 필요해!'라는 외침이 들려왔다. 나는 단호해지기로 했다. 단톡방에 나오겠다는 의사를 밝히고 그 방에서 나왔다. 그랬더니 거짓말처럼 마음속에는 평화가 찾아왔다.

독일의 거문고 장인 마틴 슐레스케도 자기의 힘과 가치를 앗아가는 것과는 결별하라고 말한다. 그의 말처럼 옳지 않은 것과는 헤어져야 한다.

따라서 어떤 일이 고민과 갈등을 줄 때는 되도록 빨리 결단을 내려서 그것과 결별하는 것이 지혜의 미덕이라 생각한다. 앞으로 또 고민스러운 일이 생기면 주문처럼 "결단이 필요해!"라고 외칠 것이다. 의외로 주문은 힘이 세다.

인스타그램에 《봄의 초대》에 대한 소개글을 쓰면서 단어 잔치를 하겠다고 썼더니 어떤 이가 계절마다 하면 좋겠다는 댓글을 썼다. 재미있는 생각이다. 계절마다 다른 단어들을 불러내 각별한 관심과 애정으로 보낸다면 겨울 끝에선 일 년 수

확이 보름달처럼 풍성해지지 않을까.

아직 움츠리고 있는 봄, 그러나 맨발로 나선 봄맞이 잔치에서 내가 큰 소리로 말했다.

"내 봄을 축하해!"

영매, 환생 그리고 임사 체험

나이 드는 게 쓸쓸하고
죽을 생각을 하면 무서워서
시를 읽는다.

박완서, 《시를 읽는다》, 작가정신

걷기로 한 날이면 아침 식사를 끝내고 바로 집을 나섰다. 그런데 이번엔 커피가 마시고 싶어 카페에 들렀다. 천천히 커피를 마시며 책을 읽고 있는데 도쿄에 사는 친구에게서 카톡이 왔다. 역시 도쿄에서 한국 문학과 문화를 열정적으로 전파하고 있는 지인이 수술하기 위해 서울로 나왔다는 문자였다. 자궁육종암이란다. 의료 기술이 앞선 일본인데 수술을 해주지 않아 서울까지 왔다니 많이 놀라지 않을 수 없었다.

5명에 한 명꼴로 코로나에 걸려 있는 상황이라 큰 수술 앞두고 있는 사람을 만날 수도 없어 문자로만 마음을 보냈다. 부드럽고 따스하지만 강단 있고 대범한 그이인데 응원을 많이 해달라고 했다. 마침 써서 들고 나온 문장도 '죽음'에 관한 것이어서 느티나무 쪽으로 향하는 걸음이 무거웠다. 할 일이 많은 사람이니 부디 수술이 잘 되기만을 바랐다.

느티나무가 있는 언덕엔 산수유꽃들이 만발해 있었다. 냉이와 쑥들 그리고 풀들도 그들의 생명력을 보여주고 있었다. 느티나무는 아직 변화된 모습이 없었다. 느티나무는 죽음에 대해 어떤 생각을 가지고 있을까? 나는 나무도 다른 방식으로 '생각'을 하고 있다고 본다.

"어르신, 아직 날이 따스하지 않아도 봄꽃들이 피어나고 있어요. 어르신도 조금 있으면 연둣빛 싹을 보일 테지요. 그런데 어르신은 죽음이 두렵지 않으신지요?"

"저 아래 산수유꽃을 보니 내 마음도 환해지네. 때가 되면 나도 새순을 올릴 걸세. 그런데 죽음이 두렵지 않느냐고? 몇백 년을 거뜬히 살아가고 있으니 내가 죽음의 경지를 넘어섰다고 볼 수도 있겠지. 하지만 죽음이 두렵지 않다고는 말할 수 없겠네. 다만 건강해지려고 많은 노력을 하지. 그 덕에 오늘도 이 자리에 서서 새봄을 맞고 있는 것이겠지."

기대 수명에 대한 우리 부부의 생각은 반대였다. 나는 짧고 굵게, 남편은 가늘고 길게 살고 싶다고 했다. 하지만 나도 오래 살고 싶어졌다. 젊은 시절에는 죽음이 실감 나지도 않았고, 건강에 대한 막연한 자신감으로 툭툭 그 말을 내뱉었을 것이다. 몇 해 전 건강검진을 받았을 때 암 전 단계의 세포 변이가 있다면서 전문병원에서 검사받아보라고 했을 때 며칠 동안 밤잠을 설칠 정도였다. 가장 두려운 건 죽음 자체라기보다는 사랑하는 딸들과 남편과의 이별이고, 딸들에게는 아직 내가 필요하다고 생각하기 때문이다. 그러므로 어떻게든 가늘고 길게 살고 싶다.

문단의 거목이신 박완서 작가도 꽃 피고 낙엽 지는 걸 되풀이해서 봐온 햇수를 생각하면 그만 죽어도 여한이 없는데 다음 해에 뿌릴 꽃씨를 받는 자신이 측은하다면서,

나이 드는 게 쓸쓸하고, 죽을 생각을 하면

무섭다고 했다. 스무 살에 수녀원에 들어가 많은 기도와 묵상으로 시간을 보낸 이해인 수녀님조차도 "아무리 아파도 나는 살고 싶었지."라고 하셨다. 나 같은 범인이야 오죽하랴.

후반 인생이 되어 죽음을 진지하게 생각할 때 종교인이 부러운 마음이 들기도 했다. 이 생이 끝나도 다음 생이 있다는 믿음은 죽음에 대한 두려움을 많이 덜어줄 것이기 때문이다. 죽으면 모든 것이 끝나버린다고, 육신이 굳어지면 영혼도 바람처럼 흩어져서 순식간에 사라진다고 생각하는 내게 죽음은 점점 두려움의 대상이 되었다. 할 수만 있다면 피하고 싶은 대상이다.

과학이 완벽할 수는 없지만 나는 과학이 증명해주지 못하는 영역을 잘 신뢰하지 않는 편이다. 따라서 신은 물론이고 다음 생이 있다는 믿음도 없었다. 점을 보러 간 일도 없다. 전생, 환생, 임사체험 등의 일이라면 더더욱 믿지 않았다. 그런데 최근 이런 나를 혼란스럽게 하는 일들을 만났다. 그것들은 내 사고체계를 흔들어놓기까지 했다. 이는 우연히 넷플릭스에서 본 다큐물로부터 시작되었다.

그 첫 번째는 〈죽음 너머를 읽다〉였다. 철학적인 내용을 다루고 있는 것인 줄 알고 클릭했는데 뜻밖에도 90년대생 청년이 망자를 만나 소통하는 이야기였다. 세상에서 가장 유명하다는 그 영매 청년 타일러 헨리를 만나려는 대기자는 30만 명이나 되었다. 타일러는 아무런 정보도 없이 의뢰인이 있는 장소로 이동하는데 전날이나 이동하는 상태에서 그들의 성별이나 인원, 특이 사항, 그들이 듣고 싶어 하는 내용 등에 대한 감을 받기도 한다.

그는 특별한 차림이나 절차도 없이 노트에다 펜으로 선을 계속 긋는데 예사롭지 않은 눈동자로 집중하면서 망자가 전한 내용을 의뢰인에게 전해준다. 망자의 취향, 인상, 숫자, 알파벳, 사망 원인 및 상태 등이다. 나처럼 타일러를 실험해보려고 하는 이들도 있다. 하지만 아무에게도 말하지 않은 내용을 그에게 전해 들으면서 놀라고 눈물을 흘리기도 한다.

망자가 떠난 뒤 유족이 종종 하는 말이나 특별한 이름 등에 대한 것들을 타일러에게 듣게 되는 그들은 소름 돋을 정도로 경악해한다. 타일러가 이 일을 하는 것은 유족이 마음의 평화를 얻고 잘 살아갈 수 있도록 돕기 위해서이다. 갑작스레 떠난 망자들이 전했다는, 괜찮다고, 잘하고 있다는 말을 들은 의뢰인들은 비로소 눈물 흘리며 위안을 받는다. 여러 의뢰인들과 만나 리딩하는 에피소드를 아무리 눈 씻고 보아도 연출이나 속임수를 찾을 수 없었다. 그 많은 의뢰인들 가운데 정의로운 이가 없겠는가. 볼수록 빠져들고 말았다.

터무니없는 일이라 단정하고 있던 환생에 대한 생각도 완전히 뒤집어놓았다. 이 역시 넷플릭스에서 다큐멘터리 영화로 보았다. 미국엔 환생에 대한 연구가 오래전부터 이어져오고 있었다. 연구자에 의하면 환생은 6~7세까지 기억할 수 있는데 부모가 부정하게 되면 기억할 수 없게 된다고 한다. 아이가 말하는 것을 놓치지 않고 검색을 해서 그 내용이 사실인 것을 알고 연구소에 연락해 꾸준히 기록하게 된 경우들이 있었다. 반복적으로 자신이 누구이며, 부모 이름은 무엇이고, 어떻게 죽었는지 말하는 꼬마 이야기가 사실과 일치했다.

전생에 헐리우드 영화배우라고 말하는 꼬마 아이는 아내의 이름과 자신이 일하던 곳, 출연한 영화 등을 정확히 말했다. 학자가 그 배우에 대해 알아내어 60가지 질문지를 만들었는데 대부분이 사실이었다. 실제 자녀도 아니라고 했던 내용들도 알고 보니 대부분 맞았다. 그 가족을 처음 만난 아이는 너무 편안해하고 자연스럽게 행동했다.

믿기 어려운 이야기들이었으나 믿지 않을 수 없었다. 어린 아이들이 알 수 없는 정보와 지명, 이름들을 이야기하는 것을 어떻게 설명하겠는가. 아이들이 밤이면 고통스럽게 울어대고, 툭툭 내뱉는 말들이 예사롭지 않았다는 걸 부모들이 놓치지 않았기에 알아낼 수 있는 일이었다.

임사 체험 다큐멘터리 역시 알고리즘으로 보게 되었다. 임사 체험자들의 모임도 있었는데 그들이 체험한 일을 믿지 않는 주위 사람들 때문에 힘들어하는 사람들의 치유 모임이었다. 그동안 나도 임사체험자들이 말하는 내용이 정말로 죽은 자의 기억인지를 어떻게 알 수 있는가가 의문이었다. 환상을 본 것이라 생각했다. 하지만 심정지가 된 상태에서는 뇌가 작동하지 않는다고 한다.

그들이 죽어서 보았다는 것에는 공통점이 있었다. 차원이 무너지고 꽃과 아름다운 강이 나타나고 이미 떠난 자신의 유족들을 만나기도 했다. 수술 중에 몸에서 빠져나간 영혼이 위에서 지켜보았다는 이야기는 수술을 집도한 이들을 놀라게 했다. 마취가 되어 있는 환자였음에도 되살아난 후에 그려낸 그림에는 수술에 참여한 이들의 위치와 도구 등이 정확했기 때문이다.

이러한 것들을 어찌 비과학적이라고 단정할 수 있겠는가. 보이지 않는다고 모두가 존재하지 않는다고 말할 수 없듯이 내가 경험하지 못한 일이라고 어찌 부정할 수 있겠는가. 영매와의 소통, 전생, 임사 체험에 관한 실제 인물들의 이야기를 보고 나자 오히려 위안이 되었다. 절대 얼토당토한 일이 아니라는 걸 인정하게 되자 죽어서 가족이나 친구를 만날 수 있다는 기대감도 생기고 죽음도 예전처럼 두렵게 다가오지 않았다.

에세이 《오늘은 두부 내일은 당근 수프》는 저자가 호스피스 병동에서 말기 암을 앓고 있는 어머니와 함께 보낸 이야기를 담고 있다. 어느 날 저자의 어머니가 "아, 위험해, 부딪힐 것 같아"라고 소리치며 잠에서 깨어났다. 배가 충돌할 뻔했다면서 위험하다고 했다.

다음 날 작가의 외삼촌이 바다 건너 누나를 만나러 병실에 들어서며 꺼낸 말이 "어젠 정말 위험했어."였다. 어머니가 무척 좋아하는 남동생인 외삼촌은 전날 오후 작은 낚싯배로 바다에 나갔다가 거대한 바위에 부딪힐 뻔했다는 것이다. 갑자기 바다에 안개가 끼었다가 순식간에 사라졌는데, 그때 배가 충돌하기 직전이어서 얼른 방향키를 꺾어 위기를 면했다는 것이다. 그 이야기를 듣고 꿈 이야기를 말해주자 누나가 구해주었다며 연신 고마워하고 감탄했다.

그날 오후 저자의 어머니는 또 잠에서 깬 후, 사막에 갔다 왔는데 분쟁지역이었다며 슬프다고 했다. 작가는 몰래 구글로 검색해봤다. 어머니가 말한 사막은 사하라 사막이고, 분쟁이란 북부 말리 분쟁을 의미하는 것이라 짐작했다. 어머니는 그런 이야기를 할 정도의 수준이 아닌 시골에 사는 여느 할머니에 지나지 않았다. 이 이야기는 전생이나 환생, 임사 그리고 이생에 대해 다큐멘터리를 보고 생각이 달라졌다 해도 마지막으로 갖고 있던 의문점 1~2퍼센트 정도를 상당히 가라앉혀 주었다. 과학적으로 명확히 설명할 수 없는 세계가 분명 있는 것 같다.

할 수만 있다면 나도 타일러에게 의뢰하고 싶다. 투병으로 힘든 시간을 보내다 떠난 큰언니가 아버지와 만나 잘 지내고 있는지, 50대에 떠나신 아버지는 지금 우리에게 무슨 말을 하고 싶으신지 듣고 싶다.

죽음은 미스터리가 아닌지도 모른다.

몸에 느티나무 잎들이 돋아났다

어제를 돌아보면 후회가 있고
내일을 바라보면 불확실하다.
그 사이에 여기의 시간이 있다.

김진영, 《아침의 피아노》, 한겨레출판

딸과 평창동에서 하루 묵은 날, 간송미술관으로 가는 길에 길상사를 들렀다. 법정 스님의 흔적을 느낄 수 있는 곳이어서 내겐 각별한 곳이기도 하고 아름다운 경치를 볼 수 있어서 딸에게 알려주고 싶었다.

법정 스님의 영정과 유품을 전시하고 있는 진영각을 돌면서 "딸아, 니들 키우면서 엄마가 힘들 때 법정 스님 책 보면서 견딜 수 있었단다. 잘 기억해 두렴."이라고 했다. 당장 스님의 책을 보지 않을지라도 내가 떠난 뒤 책장을 정리하다가 법정 스님의 책들이 꽂혀 있는 서가에서 잠시 멈추고 나를 떠올리기를, 그리고 그 책들을 하나씩 읽어가기를 바라는 마음이다.

예전에도 비슷한 시기에 갔는데 그땐 보지 못한 느티나무를 보았다. 260년 정도가 되었다. 난 딸에게 "역시 어르신 느티나무가 잘 생겼어. 그리고 어르신 느티나무가 훨씬 나이도 많은데 오히려 젊어 보이고 품격도 있어 보여."라고 했다.

외모로 사람을 판단하면 안 되는 것처럼 나무도, 그것도 오래된 느티나무를 외형으로 바라보면 안 되겠지만 나도 모르게 어르신 나무와 견주고 말았다. 길상사 느티나무는 울퉁불퉁한 기둥에 굵은 가지들이 여러 개 갈라져 있고 고상함과는 거리가 있어 보였다. 어르신 느티나무에게서 뿜어져 나오는 아우라도 찾아보기 어려웠다. 군더더기 없고 고매한 인품과 간소한 문장을 닮은 것은 오히려 어르신 느티나무였다. 어르신 느티나무가 길상사에 있었다면 사람들의 찬탄이 끊이지 않았을 것이다.

그래서인지 어르신 느티나무가 더욱 매력적으로 보였다. 쭉쭉 올라간 기둥엔 기상이 서려 있고 우아한 곡선으로 펼치고 있는 가지들은 우아한 학의 날개를 닮았다. 부드러움과 강함을 품고 있는 어르신이 바로 법정 스님이었다.

"어르신, 오늘따라 더 멋지십니다. 더욱 꿋꿋하고 더욱 푸르러지셨습니다. 오늘 써온 문장은 1년 조금 넘게 암투병을 한 철학자의 유고집에서 가져왔습니다.

어제를 돌아보면 후회가 있고 내일을 바라보면 불확실하다.
그 사이에 여기의 시간이 있다.

라는 것이어요.
철학자는 안타깝게도 아직 한창인 56세에 떠나고 말았습니다. 그런데 임종 3일 전 섬망이 오기 직전까지 글을 썼습니다. 과연 어떤 사람이 그럴 수 있을까요? 그는 투병 중에도 자기 연민에 사로잡히지 않았으며 떠나는 날까지 여러 대상을 사랑함으로써 자신의 존재를 밝히려 했어요.
평소라면 누구라도 관심을 보내지 않는 시내버스를 베란다에서 내다보며 희망버스로 보기도 하고, 단풍나무 아래 의자에 앉아 바라본 맑고 깊은 가을 하늘을 막히지 않은 길들로 본 것은 살아 있는 것에 대한 애착이었겠지요.
하지만 그의 정신은 마지막까지도 의연했기에 문장들은

너무나 경건하고 청명했어요. 그는 세상을 마지막까지 사랑할 거라고 했지요. 그것만이 자신의 존재이고 진실이며 의무라고 했어요. 생의 마지막 지점으로 걸어가고 있으면서도 어쩌면 그렇게 의연하고 거룩한 생각을 할 수 있었을까요?

그가 그동안 걸어왔을 삶이 어떠했을지는 굳이 알아보지 않아도 짐작할 수 있는 일입니다. 그가 병상에서 사유한 문장들은 푸르고 맑아서 더 애틋하고 긴 여운을 안겨 주었습니다. 그런 그가 자신의 지난날에 후회가 있다 하니 왜 그럴까요?"

"인간의 삶을 여름 낮 들판 위에 벼락 치는 시간으로 빗댄 말도 있다더니 그 철학자야말로 너무 빨리 떠나고 말았네.

훌륭히 살았음에도 후회를 한다는 것은 인간들이 더 나은 사람이 되고 싶은 욕구가 강하기 때문이 아닐까 싶네. 그것이 발전의 원동력이 되어주겠지. 어쩌면 겸손의 태도일 수도 있고 말일세. 그렇게 본다면 그 철학자의 삶과 죽음은 다른 사람들에게 공명을 일으키기에 부족함이 없어 보이네.

그런데 자네도 후회되는 게 있는가?"

어르신 느티나무가 정확하게 짚었다. 사람은 최선을 다 했음에도 자책하는 일이 적지 않다. 나 역시 사람이기에 어찌 없겠는가. 아니 없다 정도가 아니다. 먼 과거로 가면 초등학교 시절 학교로 가는 들길에서 마주 오시던 선생님을 보고도 수줍음에 인사를 하지 못한 일, 전철의 같은 칸에 타신 고등학교 때 한문 선생님과 눈이 마주쳤는데도 알아보시지 못할 거라고 그냥 눈을 돌려버렸던 일에서부터 고등학교 2학년 때 늦은 사춘기인지 방황이 시작되어 공부를 소홀히 했던 일, 딸들이 자랄 때 과외 공부에 부정적이어서 영어 학원에 보내지 않은 점 등 셀 수도 없다.

딸들에게 있어 가장 후회되는 점은 그림책을 많이 읽어주지 못한 점이다. 남의 아이들을 열성으로 가르치고, 아니 남의 아이들 가르친다고 에너지와 시간을 다 쏟고 들어오면 정작 우리 딸들에게 읽어줄 여력이 남아 있지 않았다. 집안일도 해야 했고, 책도 읽고 싶었고, 보고 싶은 TV 프로그램도 있었다. 다시 되돌아간다면 가장 하고 싶은 일이 바로 딸들에게 그림책을 많이 읽어주는 것이다.

하지만 되돌아간다 해도 그때처럼 하지 않을 것이라고 어찌 장담할 수 있겠는가. 지금이야 현재까지 쌓아온 시간과 경험이 있기에 다른 판단을 할 수 있는 눈이 생겼기 때문이지 처음이라면 여전히 같은 실수를 반복할 수밖에 없을 것이다. 법정 스님은 지난날을 후회하지 말라고 했다. 그 당시로서는 최선을 다한 선택이었기에 되돌아간다 해도 같은 선택을 할 것이라는 내용이었다. 그 글을 읽은 뒤에는 과거에 집착하지 않는 태도가 생겼다. 그래도 남아 있는 것은 있는 것이다.

숲을 이루는 거대한 가지를 가진 어르신 느티나무는 작은 잎들을 달고 있다. 긴 시간을 살아오면서 잎을 키울 생각은 왜 안 할까? 목련이나 마로니에나무, 상수리나무, 감나무 등은 어린나무들도 잎이 넓고 크다. 잎이 큰 것은 빨리 성장하기 위한 전략이란다.

그렇다면 어르신은 천천히 자라기로 작정하고 느긋한 시간을 보내고 있는 것일까? 그렇다면 후회도 없다는 말일까? 느리게 가더라도 하나라도 그 많은 잎들에게 고루 사랑을 주려고 온 힘을 쏟고 있는 것인지도 모른다. 그 자상함이 아름답고 위풍당당한 가지 숲을 만들어내고 있는 것은 아닐까. 그 사랑이 몇백 년을 이어가는 비결일지도 모른다.

철학자가 말한 후회는 결코 후회도, 자책도 아니라고 생각한다. 스러져가면서도 더 많은 사랑을 세상에 남겨놓고 싶어 한 따스한 마음의 표현이었을 것이다. 육신의 고통을 이겨내고 그가 한 자 한 자 남긴 글들은 청아한 명상록과도 같아서 우리들 가슴을 피아노 음처럼 두드리고 있으니 그의 소망은 지금 열매를 맺고 씨앗을 퍼트리고 있다.

길을 걷는데 오늘 맞은 하루를 귀히 쓰고 세상을 더 많이 사랑하겠다는 생각이 느티나무 잎처럼 몸에 돋아나고 있었다.

나날이
새로워지다

스님도 나날이 새로울 수 있도록
스스로를 받쳐줄 수 있는 네 가지를 들었습니다.
스승과 말벗이 될 수 있는 몇 권의 책,
출출하거나 입이 무료해지려고 할 때
개울물 길어다 마시는 차,
삶에 탄력을 주는 음악,
일손을 기다리는 채소밭입니다.

이안수, 《아내의 시간》, 남해의봄날

상록오색길에 문장을 들고 나가 걷기 시작한 지 사계절을 넘기고 다시 봄을 맞고 여름을 지나고 있다. 거기에서 얻는 즐거움이 없다면 그렇게 긴 시간 걸을 수 없을 것이다. 새로움이 없다면 매번 같은 길에 오르지도 않을 것이다. 걸을 때마다 즐겁고 새로워지니 시간이 나면 나도 모르게 걷게 되는 것이다.

법정 스님은 산속 생활에서 스스로를 새로워질 수 있게 받쳐주는 네 가지를 책과 차, 음악 그리고 채소밭을 들었다. 곧 그것들이 즐거움을 주는 것들이라는 말이다. 나는 상록오색길에서 얻는 즐거움과 감사한 것으로 8가지를 적어보았다.

- 어르신 느티나무를 만나 대화할 수 있다.
- 맨발로 걸을 수 있는 흙길이 있다.
- 나를 되돌아볼 수 있는 고요한 시간을 가질 수 있다.
- 가까이 있어서 멀리까지 가야 하는 수고로움을 덜 수 있다.
- 교감할 수 있는 나무와 꽃이 있다.
- 코스별로 개성 있는 아름다움을 품고 있다.
- 너무 길지도 짧지도 않다.
- 중간중간 깨끗한 화장실과 쉴 수 있는 의자가 있다.

어르신 느티나무와 나누는 대화야말로 상록오색길을 걸으며 얻는 기쁨의 최고봉이다. 어떤 문제를 가지고 나가도 어르신에게 물으면 지혜로운 답을 들을 수 있었다. 집에서 생각하는 것과 어르신을 바라보고 생각할 때는 확연히 다르다. 어르신 앞에 서면 다른 것들은 사라지고 어르신의 모습에만 집중하기 때문인 것 같다. 어느 곳이든 집중하면 몰입하게 되고 그곳에서 원하는 답을 얻을 수 있다. 그런데 그 집중과 몰입이 장소에 따라 다르다. 어르신에게 가면 그것이 잘된다. 자꾸 찾게 되는 이유이기도 하다.

맨발로 걸을 때 얻을 수 있는 건강이 한두 가지가 아니지만 도시에서 흙길 찾기란 쉽지 않다. 멀리 가야 한다면 그만큼 시간과 수고로움이 많이 걸린다. 내가 SNS에 맨발로 걷는 모습을 찍어 올리면서 그 이점을 알리곤 하는데 집 주변에 흙길이 없다고 토로하는 이들이 적지 않다. 그러니 나는 얼마나 큰 복을 받았는가. 맨발걷기는 건강뿐만 아니라 마음까지도 변화시킨다. '겉치레를 벗어버려라. 삶의 본질은 무엇이냐. 자유를 만끽하라', 같은 메시지를 던져주니 말이다.

써 간 문장을 음미하면서 걷다 보면 내가 걷고 있는지도 의식하지 못할 만큼 고요함에 빠진다. 시끄럽고 분주한 도시는 가시가 되어 우리를 찌른다. 두통이 생기고 공황장애 등의 질병을 일으키기도 한다. 도시 생활엔 고요한 시간을 가질 수 있는 숨구멍이 필요하다. 가까운 곳에 숨구멍이 있어 머리와 마음의 건강을 돌볼 수 있으니 큰 복이다.

이런 숨구멍이 5분도 안 걸리는 곳에 있다는 것은 얼마나 행운인가. 인천에서 신혼 생활할 때 시댁이 있는 수원을 오가며 자석처럼 마음을 끌었던 곳이 지금 사는 안산이다. 다른 것은 따져보지도 않고 자연이 풍부하다는 것 하나를 보고 큰 아이 돌도 되기 전에 이사왔다. 사방이 산이고 팔방이 공원이다.

상록오색길에는 계절별로 피는 꽃들이 있고 많은 들꽃들을 만날 수 있다. 키 큰 나무들이 많아 여름엔 그늘을 만들어주고 나무들도 계절별로 변화하는 모습을 보여준다. 전 같으면 눈에 들어오지도 않던 들꽃이나 키 작은 꽃들에게 가까이 다가가고 그 속에서 즐거움을 얻는다.

5개의 길은 코스별로 특별함을 보여준다. 황톳길이 있는가 하면 생태하천길이 있고, 아름다운 호수를 지나는 길과 시화호로 연결되는 강물, 그리고 갈대습지길을 지나면 벼가 자라고 익어가는 들판 길도 있다. 아름다운 풍경이 파란 하늘과 만나면 탄성을 지르게 한다. 고즈넉한 풍경과 내 감성이 어우러져 한 폭의 아름다운 그림이 되는 길이다.

많이 걷지 않는 사람에겐 15킬로미터가 부담스러울 거리이지만 내겐 걸을 만하다. 이제 제법 걸을 수 있어서 5시간 전후로 잡으면 된다. 아예 이날 일과를 걷는 날로 정해 놓으면 마음 편히 즐길 수 있다. 도심 한 가운데를 5시간 걸으라고 하면 힘들겠지만 자연 속에서 걷는 것이라 일부러 시간 내어 걷는다.

긴 시간 걸으려면 중간에 쉬기도 하고 볼일도 봐야 한다. 상록오색길엔 깨끗한 화장실이 알맞게 자리하고 있고 의자들도 있다. 숲길에선 나무들과 호흡하면서 쉬고, 들판에선 벼를 보면서 땀도 씻고 간식을 먹는다. 갈대습지길에선 아름다운 갈대와 호수를, 수변길에선 강물을 만나고, 하천길에선 바람맞으며 멋들어지게 서 있는 버드나무와 개천을 감상하며 걷는다.

연고도 없는 곳이지만 자연 풍경 하나만으로 이사와 그 혜택을 받으며 살고 있으니 오래전의 그 선택이 좋았음을 내내 확인하며 산다. 계절의 감각을 온몸으로 느끼며 엽서에 써 간 문장으로 내 삶을 돌아보고 설계하니 이 얼마나 감사한 일인가. 어찌 감사할 일이 여덟 가지뿐이랴. 간단히 뽑았을 뿐이다.

계절이 바뀐다고 길만 새로워지는 게 아니라 나도 새로워진다. 걸을 때마다 새로워지니 상록오색길은 내 삶의 계절이다.

뿌리 깊은 나무는

나무를 키울 때 정말 중요하게 생각해야 하는 건
눈에 보이는 줄기가 아니라 흙 속의 뿌리란다.

우종영, 《나는 나무에게 인생을 배웠다》, 메이븐

한 책방 대표로부터 서점지원사업에 같이 해보지 않겠느냐는 제의가 들어왔을 때 두 번 망설이지 않고 좋다고 했다. 내가 프로그램을 기획하고 진행해야 하는 무게감 있는 사업이지만 이 시국에 강의할 기회가 있다는 건 얼마나 감사한 일인가. 그리고 그 책방은 내 책이 나올 때마다 북토크도 하고, 다른 강의도 여러 차례 하도록 자리를 마련해주었다. 작년 하반기에도 심야책방 지원사업으로 4개월 동안 프로그램을 진행했다.

이번에 제안받은 사업은 규모가 가장 커서 코로나로 더 어려워진 동네책방에 많은 도움이 되는 지원사업이었다. 그래서 책방과 함께 열심히 준비했지만 아쉽게도 선정되지 못했다.

그런데 탈락한 것이 다른 한편으론 안심이었다. 7개월 동안 16차례 강의를 해야 하는데 요즘 책 읽기에 탄력을 받고 있기 때문이다. 하나에 몰입하면 거기에다 많은 에너지를 쏟는 성향 때문이다. 지금은 맥이 끊이지 않게 더 많이 읽고, 더 많이 공부하고 싶은 심정이다. 다른 일에서도 그렇지만 현재 하고 있는 일 하나가 어느 정도 마무리되어야 다른 것으로 넘어가는 걸 좋아한다.

그러다 보니 눈에 보이는 줄기보다 흙 속의 뿌리가 더 중요하다는 우종영 선생님의 문장에 합리화시켰다. 내공 있는 프로그램을 만들기 위해서 지금은 공부를 해야 하는 시기라고 말이다. 더없이 시의적절하기도 해서 그 문장을 들고 상록오색길에 나섰다.

어르신 느티나무의 가지 끝들을 주의 깊게 보았다. 그것들은 너른 울타리를 넘어올 정도로 넓게 펼쳐져 있었다. 그렇다면 뿌리도 그 정도이거나 좀 더 길게 뻗어 있지 않을까? 울타리 따라 돌면서 어쩌면 내가 뿌리 위를 걷고 있을지 모른다는 생각을 했다.

"어르신, 30년 넘게 나무를 돌본 나무 의사 우종영 선생님은 '눈에 보이는 줄기보다 흙 속의 뿌리가 중요하다.'라고 합니다. '뿌리 깊은 나무는 바람에도 흔들리지 않기에, 그 꽃이 아름답고 그 열매 성하도다.'라는 용비어천가의 한 문장을 우리들은 수도 없이 보고 들었습니다. 뿌리가 얼마나 중요한지 세뇌당했을 정도입니다. 상식적으로 생각해도 뿌리가 깊고 넓게 뻗어야 강한 바람에도 거뜬하겠지요.

그런데 제가 어르신 나무를 좋아하게 된 것은 겉으로 드러난 모습 때문이었습니다. 뿌리는 보이지 않으니 당연한 일이지요. 일을 마치고 집에 돌아올 때 아래 사거리에서 신호등이 바뀌기를 기다리는 중에 언덕 위에서 멋진 가지를 쫙 펼치고 서 있는 어르신의 모습이 눈에 띄었었거든요. 그동안 뿌리에 대해서는 많이 생각하지 못했지만 튼실한 뿌리가 있기에 어르신의 멋진 풍모가 존재하는 것이겠지요."

"자네가 내 뿌리에 대해 말해주니 반갑네. 우리에게 뿌리는 더없이 중요하지. 자네들도 다리가 있어 몸을 지탱하고, 어디로든 자유롭게 다닐 수 있잖은가. 우리에게 뿌리는 다리일 뿐만 아니라 입이기도 하고 심장이기도 하네. 밖으로 나와 있는 몸통과 가지들을 받쳐주고, 물과 영양분을 흡수하고, 나무줄기와 나뭇가지에 수분을 주기 위해 펌프질도 한다네.

어린 나무가 더디게 자라는 이유도 다 뿌리 때문이지. 막 틔운 싹에서 얻은 영양분을 뿌리 키우는 데에 쓴다네. 나무에 따라 다르지만 5년 정도가 걸린다네. 어린나무들은 그런 힘겨운 자기와의 싸움을 거친 후에야 비로소 위로 줄기를 뻗어나가지. 거친 비바람에 견딜 수 있는 힘을 비축한 뒤에 말일세."

"나무들은 어릴 때에도 어른스럽군요. 자신에게 무엇이 중요한지 잘 알고 있고, 그걸 실천하니까요. 우리들은 어릴 때뿐 아니라 어른이 되어서도 뿌리보다 눈에 보이는 외형을 치장하느라 시간과 돈을 많이 들이거든요. 부끄러워집니다. 저도 저의 뿌리에 대해 곰곰이 생각하면서 걸어야겠어요. 좋은 말씀 감사합니다."

시니어 대상으로 한 그림책 프로그램을 만든다고 50권이 넘는 그림책을 뽑아놓았지만 활동지를 못 만들고 있다. 먼저 공부를 하는 게 순서라고 생각해 노년에 관한 책들을 읽고 있다. 나무 관련 그림책 프로그램도 만들고 싶어 나무 내용을 다루고 있는 책들도 부지런히 읽고 있다. 그런데 하루의 시간을 온전히 그것들로만 쓸 수 없기에 계속 미뤄지고 있는 것이다. 그래서 마음 한쪽엔 불안한 마음이 있다. 누가 시킨 것도 아니고, 언제까지 해야 된다는 기한이 있는 것도 아닌데 말이다.

겨우 싹을 틔운 나무들은 어떻게 주변의 유혹들을 물리치고 오로지 뿌리에만 집중할 수 있을꼬? 옆에 있는 나무가 아무리 뽐내면서 쑥쑥 자라도 눈 딱 감고 자신의 물길을 찾아 뿌리를 내리고 또 내리는 것일까? 그런 뚝심은 어디에서 나오는 것일까? 어린 나무들이 참 대견하다.

상록오색길을 걸은 날 저녁에 이 글을 쓰려고 했으나 그러하지 못했다. 맨발로 걸어 더 몸이 노곤한 것도 있었고, 언제부턴가 저녁 시간엔 치열하게 무언가를 하기보다는 영화나 TV 시청 등으로 여유를 즐기고 있다. 다음 날엔 다른 일 제쳐두고 꼭 쓰겠다고 마음먹었다. 특별히 해야 할 일도 없었다. 하지만 하루가 더 지나서야 쓰고 있다.

그날은 허리가 아팠다. 며칠 전 아는 동생이 요가를 해보라고 한 말이 떠올라 유튜브를 검색했다. 첫 번째로 올라와 있는 초보 요가 동영상을 20여 분 동안 따라서 마치고 나니 다음에 시니어 요가 동영상이 있었다. 그래서 그것까지 하고 나니 아팠던 허리가 많이 부드러워져 있었다.

바로 아침을 먹었으면 글을 쓰기 시작했을 것이다. 그런데 집안의 매트들을 걷어서 세탁기에 가져갔다. 통 안에 넣어서 돌리고 났는데 하필 가지런하지 않은 그 주변이 신경 쓰였다. 빨래 바구니 위치를 바꾸고 먼지를 닦고 베란다 바닥을 닦았다. 그러고 나자 창문틀의 먼지가 거슬렸다. 그리하여 창문틀을 닦고 안방 문틀까지 닦고 나니 여간 개운한 게 아니었다. 그런데 다음엔 멀리 떨어져 있는 냉장고 옆 수납장으로 마음이 달려갔다. 여기저기 쑤셔 넣은 포장 끈들을 분류해 정리함에 넣어두자 기분이 산뜻해졌다.

정리에도 탄력이 붙었다. 바로 옆 반려견 물건을 넣어둔 수납장 문을 열어 전부 밖으로 꺼냈다. 전부터 하려고 마음먹었던 것을 그제야 하게 된 것이다. 옷과 간식과 사료, 패드, 휴지 등을 하나하나 정리했더니 깔끔해졌다. 다음엔 청소기 돌리고 안방화장실과 거실화장실 청소를 했다. 일부 책들도 위치를 바꾸어 정리했다. 그제야 늦은 식사를 하고 나니 반려견 산책 시간이었다.

그래서 뒷산에 다녀오는 것은 물론 노트북은 아예 켜보지도 못한 채 저녁을 맞고 말았다. 물건 정리하다가 큰딸 육아일기가 나와 한 권을 다 읽고, 결혼 전 남편에게 쓴 편지 노트도 붙잡고 읽었다. 저녁엔 브런치에 올릴 글을 다듬는 데 시간을 많이 썼다. 그렇게 하루가 또 미뤄졌다.

하지만 마음은 더없이 말끔했다. 눈에 보이지 않는다 해도 지저분하게 있는 곳들은 마음 한구석에 쓰레기가 있는 것처럼 느껴지게 마련이다. 일부이기는 하지만 전부터 하려던 집안 정리를 했다고 그 쓰레기들이 싹 치워진 느낌이었다. 덕분에 책상 앞에 앉아 있는 시간도 줄일 수 있었다. 요즘 허리가 종종 아프고 어깨도 안 좋다. 나는 그게 무게가 나가는 물건들을 장봐 가지고 와서 반려견(2.4킬로그램밖에 안 나가는)을 안고 동물병원에 다녀와서 그렇다고 생각했다. 하지만 진짜 원인은 너무 앉아 있기 때문이다. 책 읽는 데에 탄력이 붙었다는 말은 바로 많이 앉아 있다는 말이다. 날마다 뒷산에 다닐 때는 허리 통증이 사라졌었다.

글을 쓰지 못한 채 하루를 또 보냈지만 진짜 중요한 뿌리가 무엇인지 돌아볼 수 있었다. 어떤 일의 성과를 내는 것보다는 건강을 잘 챙기고 하루를 잘 보내는 것이 그것이다. 건강을 챙기기 위해서 한 요가나 일주일에 하루를 정해놓고 하고 싶을 만큼 흡족하게 만든 집안 정리는 하루의 뿌리를 잘 내리게 했다. 그러니 어찌 그것들을 하찮은 일이라 할 수 있으랴. 하루 이틀 글이 늦어진다고 큰일 나지 않는다. 글 쓴다고 책상 앞에 앉아 있었다면 허리통증은 더 심해졌을 테고, 집안 정리를 하루 미뤘다면 일 년 후에 하게 됐을지도 모른다.

이른 봄부터 여름이 오기 전까지 딱 한 마디만 자라고 성장을 멈추는 소나무가 탄탄한 몸을 만들 듯 너무 급하게 가려 애쓰지 말지어다. 하루는 내 삶의 가장 기본이 되는 뿌리이며 건강은 전체의 삶을 책임지는 뿌리이다. 하루의 뿌리를 잘 내리면 한 달이, 한 달의 뿌리를 잘 내리면 일 년이, 그것들이 쌓이면 삶의 뿌리가 단단히 내리는 법이다. 뿌리 깊은 나무는 바람에 흔들리지 않을 것이며, 나아가 더딘 성장까지도 품을 지어다.

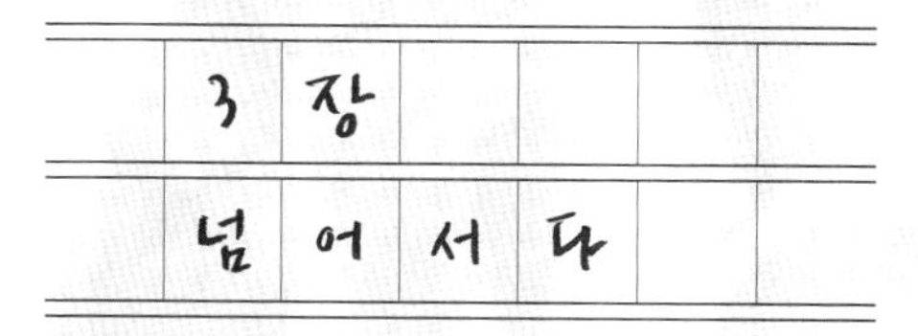

더 나은 미래를 위한 작은 움직임

이것은 울타리가 아냐

제 방식대로 운영하는 것,
그것이 지금의 제 결심입니다.

무레 요코, 《빵과 수프, 고양이와 함께하기 좋은 날》, 북포레스트

느티나무는 일주일 사이에 제법 무성해져 있었다. 한나절 봄볕이 어느 정도인지 놀랍다고 생각하다가, 봄을 놓치지 않고 끌어내고 있는 나무들의 생장력에 경이로움을 느꼈다. 연둣빛 잎사귀들은 느티나무의 자태를 더욱 아름답게 그려내고 있었다.

늠름한 에너지를 분출해내고 있는 느티나무를 에워싼 울타리를 한 바퀴 돌며 걸음 수를 세어보았다. 102발자국이었다. 나무 앞에 서면 버릇처럼 질문을 던졌다.

"느티나무 님, 울타리가 답답하지는 않습니까?"

"허허, 자네가 보기엔 답답해 보이는가? 갇혀 있다고 생각하네그려. 나를 둘러쳐서 좀 흉물스럽기는 하지만 괜찮다네. 내가 만든 것이 아니기 때문에 울타리라 생각하지 않네. 내가 살아가는 데 전혀 문제가 되지 않기 때문일세. 뿌리를 내리거나 가지를 뻗거나, 씨앗을 퍼트리는 데 방해를 받지 않으니 말일세."

"느티나무 님은 아키코와 많이 닮으셨네요."

"아키코? 그게 누군가?"

"네, 느티나무 님, 아키코는 《빵과 수프, 고양이와 함께하기 좋은 날》이라는 소설 속에 나오는 주인공이랍니다. 그럼 저는 갈 길이 멀어 이만 실례하겠습니다. 다음 주에 또 뵙겠습니다."

무례하게도 나는 어르신 느티나무에게 저 말만 던져놓고 서둘러 자리를 떴다.

아키코는 출판사에서 편집자로 일하고 있었다. 그런데 엄마가 갑작스레 쓰러진 뒤 세상을 뜨고, 자신은 경리부로 발령받는다. 책 만드는 일이 좋아서 한 출판사에 오래 몸담고 있던

50대의 아키코는 경리부라면 다닐 의미가 없다고 판단하고 회사를 그만둔다. 그리고 엄마가 40년 넘게 꾸려온 식당을 리모델링해서 샌드위치 가게를 연다.

그걸 본 엄마 가게의 오랜 단골들은 충고한다. 가게 내부가 썰렁해서 따스함이 부족하다, 태도가 뻣뻣하다, 메뉴가 적다, 종업원이 더 예쁘장해야 손님들이 좋아한다. 텔레비전이나 신문, 잡지가 없어서 요리가 나올 때까지 무료하다, 술이 없다, 밤에 친구들과 무리 지어 놀지 못한다는 등등의 말이었다.

어떤 사람은 대놓고 "네 어머니 뜻을 물려받아야지. 너는 결혼도 안 하고 자식도 없으니까 부모 마음을 헤아릴 줄 모르는 거야."라고도 했다. 하지만 아키코는 겉으로는 고맙다고 대답하면서 속으로는 엄마는 물론이고 다른 사람과 비교하지 않고 자신이 하고 싶은 일을 하겠다고 생각한다. 그리고 좋은 식재료로 정성껏 만들어 대접하겠다는 다짐을 한다.

운영도 엄마나 이웃의 가게와는 전혀 다른 자기만의 방식으로 해 나갔다. 재료가 떨어지면 문을 닫고 정기 휴무도 갖고 직원이 출근을 못 하면 문을 닫았다. 사사건건 참견과 조언을 아끼지 않는 이웃 카페 사장님은 그런 것들이 몹시 못마땅하다. 식재료를 넉넉히 사서 떨어지지 않게 해야 되지 않겠느냐,

문을 닫지 말고 혼자서라도 해야 되지 않느냐는 등의 말로 간섭한다.

아키코가 꼬마일 때부터 보아온 이들이니 혼자서 처음 가게를 시작하는 아키코의 울타리가 되어주고 싶은 마음에서 그랬을 것이다. 하지만 그것은 아키코가 원하는 울타리가 아니었다.

아키코는 어떤 가게를 하고 싶은지 이미 많은 고민을 했다. 손님들이 산뜻한 공간을 즐길 수 있고, 좋은 재료로 만든 심플한 음식을 맛있게 먹을 수 있도록 해서 가끔 점심을 먹으러 가고 싶은 가게를 만들고자 했다. 재료 공급처도 꼼꼼하게 알아보고 믿을 수 있는 재료로 맛있는 빵과 수프를 만들어 제공했다. 가격은 비싼 편이고 종류도 많지 않았지만 가게는 잘되었다. 조언을 아끼지 않았던 이웃들도 나중에는 오히려 아키코의 운영 방식을 따라 할 정도였다.

'제 방식대로 하는 것, 그것이 지금의 제 결심입니다.'

신념에 따라 묵묵하게 자신의 길을 걸어가는 아키코에게 이웃들의 조언과 충고는 전혀 문제가 되지 않는 울타리였다. 자신이 만든 것이 아니었기 때문이다. 이미 자신 안에는 스스로를 향한 믿음의 뿌리가 강하게 자리하고 있었다.

영화를 본 뒤 원작 소설까지 읽으면서 나는 내 삶을 어떻게 꾸려왔는지 되돌아보았다. 그런데 사회의 통념이랄까, 깃발처럼 사방에서 흔들어 대는 문구들에 그대로 지배당해온 것이 대부분이었다.

가장 강하게 흔들어 댄 것은 다름 아닌 '꿈을 가져라.'였다. 되도록 크게 갖고, 치열하게 노력해서 이루어야 하는 것임을 한 치의 의심도 없이 받아들였다. 꿈을 갖고 이루는 것이야말로 최고의 가치이며, 꿈이 없는 사람의 삶은 얼마나 의미 없는 것인지 끊임없이 외치고 있었기 때문이다. 시대를 가리지 않고 유행을 타지 않는 것으로서 이처럼 강력한 것이 또 있었을까? 꿈이야말로 우리를 살아가게 하는 원동력이었던 것이다. 그러므로 꿈이란 가장 든든하고 가치 있는 우리의 울타리가 아니고 무엇이었겠는가.

따라서 신영복 선생의 《담론》에서, '꿈이란 한 개를 보여줌으로써 수많은 것을 보지 못하게 하는 몽매의 다른 이름'이라고 쓴 부분을 읽을 땐 놀람을 넘어 충격을 받을 정도였다. '꿈'을 비판한 사람을 처음 만났기 때문이다. 우리의 울타리를 부정하고 있는 낯선 시선이었다. 선생은 꿈이 가진 뒷면을 이렇게 말했다.

"꿈은 우리들로 하여금 곤고함을 견디게 하는 희망의 동의어가 되고 있습니다. 그러나 또 한편으로 꿈은 발밑의 땅과 자기 자신의 현실에 눈멀게 합니다. 오늘에 쏟아야 할 노력을 모욕합니다. 나는 이것이 가장 경계해야 할 꿈의 위험이라고 생각합니다."

선생의 말을 이해하고 받아들이기까지 적지 않은 시간이 걸렸다. 오로지 꿈만을 좇는 위험성에 대해 경고한 어르신이 어디 있었던가. 잘 들여다보면 선생도 꿈을 갖지 말라고 한 것은 아니다. 우리들이 신격화할 정도로 꿈에 열중했기 때문이다. 꿈을 위해 현재의 행복에 눈 가리고, 오늘 챙겨야 할 일들을 뒤로 미루기도 했다. 꿈에 지배당하고 있는 일상을 구하기는커녕 이리저리 끌려다녔다. 이처럼 사회에서 몰고 가는 분위기에 휩쓸리다 보면 그것이 어느 정도로 위험한 일인지 판단이 서지 않는다. 이를 선명하게 해석해주는 시의 일부다.

사라진 것들

유승도

상황버섯이 암 치료에 효과가 있다 하여 채취하러 다니다 보니,

신이 나서 따던 다른 버섯들을 보아도 반갑지가 않다.

(중략)

유년시절 보았던 양귀비를 그리워하니,

눈앞에 피어나던 꽃들이 자취를 감추었다.

림태주도 《그리움의 문장들》에서, "꿈에게 권능을 부여하지 마. 꿈의 노예가 되고 싶지 않다면, 꿈이 없어서 초라한 게 아니라 꿈이 너무 막강하고 화려해서 공허한 것인지도 몰라."라면서 꿈꾸기를 강요하는 사회에 대해 반기를 들고 있었다. 하지만 자신이 무언가를 좋아하고 재밌게 하다 보면 어느 날 가슴 뛰는 순간이 온다고 한다.

좋은 대학에 가야 한다, 좋은 직업을 가져야 한다, 좋은 차를 가져야 한다, 더 넓은 집을 마련해야 한다, 등의 목표가 꿈으로 탈바꿈되는 경우도 적지 않다. 초등학생들조차 부자 되

는 것이 꿈이라고 말할 정도이다.

《그림책에 마음을 묻다》에서 최혜진이 말한, '꿈'을 '내 본성이 가치 있다고 의미 부여할 수 있는 행위'라고 재정의 한다면, '꿈'이 진정한 울타리가 될 수 있지 않을까? 가치 있다는 것도 결국은 현실을 배제시키지 않아야 한다. 이 나이 되어서야 겨우 내 본성을 따르면서 내 방식의 삶을 꾸려나가는 것이 가능해지고 있으니 삶이야말로 얼마나 힘든 일인가.

아키코와 함께 연둣빛이 넘실대는 상록오색길을 걸었더니, 살아 있음이 축복이라는 생각이 온몸으로 전해져 왔다. 이 길이야말로 내 방식대로 할 수 있는 공간이다. 걷고 싶을 때 걷고, 쉬고 싶을 때 쉬면서 내 삶을 요리조리, 그러니까 내 방식대로 기획할 수 있다. 특히 내 삶보다 꿈이 거대해지지 않아야 한다는 사실을 이해하는 시간이었다.

꿈을 넘어서서 내 삶의 강한 울타리라 여긴 것들이 진짜 울타리인지 아닌지 헤아려보는 것이 과제로 남아 있다. 이 나이에도 과제가 있다는 것이 그리 나쁜 것만은 아니리.

고독하면서
고독하지 않는

"혼자서 있을 수 있는 자유는 정말 중요하지.
(중략) 책을 읽는 것은 고독하면서 고독하지 않은 거야."

마쓰이에 마사시, 《여름은 오래 그곳에 남아》, 비채

5월인데 26도까지 오른다는 예보를 보고 염려되었지만 그냥 걷기로 했다. 어차피 사계절 내내 걷기로 했으므로 한여름 뙤약볕도 피할 수 없지 않겠는가. 그러니 이건 약과일 것이다. 대신 더위를 피하기 위해 일찍 일어나서 걷자고 생각했다.

하지만 새벽에 잠든 바람에 일찍 일어나지 못했다. 부랴부랴 딸이 먹을 식사를 준비해놓고 도시락을 싸서 집을 나선 때는 11시가 훌쩍 넘어 있었다.

팔토시와 장갑도 끼고 양산까지 챙겨 느티나무 앞에 도착하니 11시 40분이었다. 이번에는 느티나무 어르신과 대화를 나누지 않았다. 울타리 안에서 유유자적, 고독하게, 혼자만의 자유를 만끽하는 상태인지라 걸으면서 내 안의 나와 함께 음미해야겠다고 생각했다. 그리하여 더욱 무성해진 느티나무 둘레를 두 바퀴 돌고는 급히 떠났다. 예보했던 것처럼 이미 볕은 강했다.

이번에 뽑아 간 문장은 장편소설《여름은 오래 그곳에 남아》에 나오는, "책을 읽는 것은 고독하면서 고독하지 않은 거야."였다. 여기에서 '책'을 '길'로 바꾸어 "길을 걷는 것은 고독하면서 고독하지 않은 거야."로 읽었다. 소설 속의 노 건축가는, 책을 읽고 있는 동안은 평소에 속한 사회나 가족과 떨어져서 책의 세계에 들어가기 때문에 고독하지 않다고 말한다.

내가 사회나 가족에서 벗어나 자유로워진 때는 해외에 나가 있는 경우였다. 해외라고 해야 남편을 만나러 가는 일본이 전부라고 해도 과언이 아니다. 국경을 넘으면 나를 가두고 있는 책임감이나 의무감에서 자연스레 놓여나는 기분을 많이 느꼈다. 말도, 건물도, 음식도, 문화도 전혀 다른 곳에 있어서인지 자유로움이 한껏 느껴졌다. 나를 아는 사람이 없다는 것이 가장 큰 이유일 것이다.

그런데 종종 고독감을 맛보곤 했다. 특히 더 느낀 곳은 도쿄도립공원을 돌아다닐 때였다. 도쿄에 있는 9곳 모두 문화재 정원이어서 잘 꾸며져 있는데 그 가운데 가장 인상 깊었던 정원에 갔을 때이다. 따스한 봄날의 기운이 정원 구석구석까지 스며와 더없이 여유롭고 차분한 날이었다. 정원의 조형미 또한 기품 있는 중년 여성의 자태가 느껴지는 곳이었다.

그러함에도 왠지 모를 쓸쓸함과 고독감이 밀려왔다. 그리하여 빼어난 풍경과 고요한 분위기에서도 그 정취를 맘껏 누리지 못했다. 혼자 도시락을 먹는 중년 남성과 중년 여성을 보았다. 일본에선 흔히 볼 수 있는 일인데 그들의 뒷모습에서 강한 고독을 느꼈다. 내가 그리 생각했기 때문일 수도 있다. 하마터면 중년 여성에게 다가가 말을 다 걸 뻔했다.

역시 일본에 있을 때 남편에게 저녁 약속이 있다고 한 날이었다. 낮에 어딘가를 다니다가 들어오는 길에 역 앞에 있는 백화점의 레스토랑에 들러 파스타를 주문해놓고 기다리고 있었다. 그때 정면으로 보이는 테이블에 앉아 있는 한 여성이 눈에 들어왔다. 격식 차린 옷을 입고 꼿꼿하게 앉아 있는 깡마른 노인이었다. 아무런 표정 없이, 아니 고독이라는 말은 그런 때 해야 마땅하다는 것을 알려주기라도 하듯 초점 없는 눈빛으로

미동도 없이 앉아 있었다. 그 사람의 주위는 돌처럼 딱딱한 분위기가 처연하도록 감싸고 있었다. 쳐다보는 나 자신까지도 그 안으로 빨려 들어갈 것만 같았다.

내 노년에도 그런 고독감이 밀려오는 건 아닐까 더럭 겁이 날 정도였다. 시력도 떨어져 책 보는 것도 어렵다면 그 고독감을 어찌 견디어낼까? 노인과 고독은 짝지처럼 어울리는 단어가 아니던가. 혼자 있는 자유는 중요하다고 하지만 그 노인에게는 자유가 딱딱하게 굳어 있는 돌처럼 보였다.

일주일에 한 번 상록오색길을 걷는 대여섯 시간 동안 나는 혼자다. 혼자서 만끽하는 자유 때문에 땡볕도 마다하지 않는다. 걷는 동안 가져간 문장을 음미하며 내 삶과 연결 지어 생각하는 것이 기본이지만 수행이나 명상을 하는 것이라고도 생각한다. 그렇다 해도 어떻게 할지는 전적으로 내 자유이다. 가다가 그만 생각하고 싶으면 멈추면 된다. 아무리 그날의 목표가 있다 해도 내 스스로 수정해버려도 뭐라 할 사람은 없다. 내 안의 검열관만 살짝 눈감아 주면 된다(물론 아직 그런 적은 없다).

대여섯 시간 내내 가져간 문장을 떠올리기만 하는 것은 아니다. 그렇다면 머리도 마음도 지치고 말 것이다. 대부분 그렇듯 1코스에서 문장에 집중한다. 거꾸로 도니까 그다음인 5코스에서는 뜰을 바라보며 숨을 고르고 간식을 먹는다.

이날은 3코스를 지나는데 진한 아까시꽃 향기가 코를 찔렀다. 수변 공원에 있는 아까시나무에 주렁주렁 달려 있는 꽃들에게서 흘러나오는 것이었다. 코로 숨을 깊게 빨아들이니 아까시꽃 향기가 더욱 빨려 들어오며 모든 시름이 사라졌다. 그리고 행복하다는 감정이 나를 채워주었다. '지금 이 순간'을 느끼는 것이야말로 행복의 지름길이라는 것을 말해주고 있었다.

갑작스레 더워진 날씨에 자주 쉬어야 했다. 양산을 썼다 해도 의자가 보이면 쉬고 싶었다. 하지만 지붕이 없는 의자엔 선불리 앉을 수 없었다. 지붕 아래의 의자도 열감이 느껴질 정도로 더웠기 때문이다. 수변공원길을 걸을 때 기온을 확인해보니 28도였다. 이날 서울을 비롯한 몇몇 지역은 31도를 넘기도 했다. 평소엔 가져간 물을 다 먹지 않는데 이날은 편의점에 들러 한 병 사야 했다.

하지만 혼자 걷는 그 길 위에서 나는 행복했다. 40대 후반에 후반 인생을 어떻게 살 것인가를 두고 독서프로젝트를 했는데 딱 10년이 지난 지금 걷기 프로젝트를 한다는 생각에 미쳤다. 그러면서 과연 10년 후에도, 아니 그전에라도 무슨 새로운 프로젝트를 할지 궁금했다.

이런 것들을 '내 생의 이벤트'라 이름 붙여 보았다. 한 십대가 끝나고 새 십대가 시작될 때 심적으로 어려울 시간들을 잘 넘어가게 해 준 이벤트들이었다. 특히 혼자서 하는 프로젝트들은 더없이 힘들고, 긴 시간 수행해야 하는 것들이지만 어느새 그 속으로 들어가 열중하고 있는 나를 발견했다.

이 걷기 프로젝트 역시 쉽지 않은 일이다. 매번 가져가야 할 문장을 고르고, 좋지 않은 날씨에도 걸어야 하고, 다녀와서는 글을 써야 하는 나름의 임무가 있다. 그래도 자연과 함께 혼자서 걷는 일은 매력적인 일이기에 매주 나서게 된다. 걷고 났을 때마다 얻는 기쁨도 크다.

걷기 프로젝트는 분명 '고독하면서 고독하지' 않는 일이다. 오히려 충만해진다. 멋진 문장이 담겨 있는 책을 업고 걸으면서 책의 기운을 온몸으로 받고, 적어간 문장이 몸까지 통과해 갈 수 있도록 수시로 꺼내 읽고 음미한다. 그리고 아름다운 자연이 함께 하니 마음이 나긋해지고 말랑말랑해진다. 무엇보다 혼자 갖는 시간의 매력이 가장 크지 않을까 싶다.

법정 스님도 누군가와 함께 있을 때엔 온전한 자신으로 존재할 수 없다고 했다. "홀로 있다는 것은 어디에도 물들지 않고 순수하며 자유롭고, 부분이 아니라 전체로서 당당하게 있음이다. 결국 우리는 홀로 있을수록 함께 있는 것이다."라고 했다.

더위 속에서도, 빗속에서도, 차가운 바람 속에서도 나는 내 발이 힘차게 내딛을 수 있도록 홀로 내 몸을 저어갈 것이다. 어쩔 수 없이 고독이 찾아올 노년에 그 쓸쓸한 고독이 내 몸에 고여 흘러넘치는 일이 없도록 예행 연습하는 중인지도 모른다.

나는 한 발 한 발 내딛으면서 '고독하면서 고독하지 않는 노년을 준비하고 있는 것'이라면서 양산을 높이 쳐들었다.

내가 지나온 길이다

흙먼지가 자욱한 화성의 붉은 땅에
두 줄기 바퀴 바위 자국이 뚜렷하다.
내가 지나온 길이다. 지구의 누구도 와보지 못한 길,
어쩌면 우주의 그 누구도 와보지 못한 길.
내가 만든 길, 나의 길.

이현 글, 최경식 그림, 《나는 화성 탐사 로봇 오퍼튜니티입니다》, 만만한책방

12시 넘어 집을 나섰으니 가장 더운 시간에 길 위에 있어야 하는 것은 피할 수 없는 사실이었다. 해는 이미 쨍쨍하고 눈부셨다. 남들이 보면 제정신이 아니라고 할 날씨다. 기온이 31도, 곧 길 위로 이글거리는 열기가 내려앉을 것이다. 어쩔 수 없다. 새벽 6시경에 나섰다면 다 걷고 들어올 시간이건만 도저히 일찍 일어날 자신이 없다. 가장 더운 때만이라도 시도해보아야 할 텐데 성공할지 모르겠다. 어쨌든 일주일에 한 번

걷기로 스스로에게 한 약속이니 걸을 수 있을 때까지 나갈 것이다.

내가 이리 엄살을 부리면서 가 보면 어르신 느티나무는 아무런 일이 없다는 듯 위엄 있게 서 있었다. 한층 더 짙어진 푸른 잎들은 검은빛마저 품고 있었다. 울퉁불퉁한 몸통을 쳐다본 나는 울타리를 따라 걸으면서 속으로 걸음 수를 세어본다. 108걸음이다. 첫날 걸을 때는 102걸음이었다. 보폭에 따라 다르고 우연일 텐데도 일부러 108보로 맞추어 만든 것일지도 모른다고 혼자 상상한다. 신라 시대에 유행한 탑돌이를 하듯 신성한 나무 주위를 돌라고 하지 않았을까 하고 말이다.

길을 걸을 때마다 적어간 문장을 보며 질문을 하면 어르신 느티나무에게서 늘 대답을 들으니 느티나무가 바로 부처이고 예수가 아닐까? 그 신성한 기운을 품고 있어 대화를 나누면 그 기운이 전해져 오기 때문인지도 모른다. 이번 주에는 지난주에 써간 엽서를 다시 가져갔다. 그림책《나는 화성 탐사 로봇 오퍼튜니티입니다》에서 뽑아 간 문장보다는 책이 품고 있는 이야기가 거대하고 벅차서 손끝으로 글을 쓸 수가 없었다. 그래서 한 주 더 품고 걷기로 했다.

그 작고 느린 탐사 로봇 오퍼튜니티가 기계가 아닌 생물체가 되어 진하게 말을 걸어와서일까? 로봇은 담담하게 말을 하고 있는데 내게 전해져 오는 애처로움은 극에 달한 듯했다. 그러니까 거대하고 벅찬 것 가운데엔 애처로움도 한 부분을 차지하고 있다. 거기에다 오퍼튜니티의 삶이 내 삶과 겹쳐져서 그 짧은 시간 안에 정리가 되지 않았다. 아니, 짧은 시간에 끝내기에는 여운과 생각거리가 너무 많았다.

과학에 큰 관심도 없을뿐더러, 내 삶과는 너무 거리가 멀어 보이는 화성 탐사 로봇이라니 선뜻《나는 화성 탐사 로봇 오퍼튜니티입니다》를 살 마음이 생기지 않았다. 그런데 그림책 심리학 공부를 같이한 동기가 이 책을 인생 그림책으로 바꾸는 것도 모자라 닉네임도 화성탐사로봇 오퍼튜니티로 바꾸었다. 책도 보았지만 기계 머리를 크게 확대해서 그려놓은 표지에서 마음이 전혀 끌리지 않았다. 줌모임 때마다 그날 컨디션에 따라 닉네임을 바꿔 쓰는 분위기에서도 그 동기는 매번 그 닉네임을 고수했다. 무슨 책이기에 그러는지 궁금해서 결국 샀다.

그런데 단 한 번 읽은 것으로도 나는 오퍼튜니티에게 감정이 이입되고, 마음이 아프고 벅찼다. 필사도 했는데 많은 문장에 밑줄을 치고 있었다. 그림책에 있어 결코 흔한 일이 아니다. 그러면서 내 삶을 많이 돌아보았다. 이런 과정에서 나는 그야말로 오퍼튜니티를 향한 사랑에 빠지고 말았다.

2004년 당시 스피릿이 화성에 착륙한 떠들썩한 뉴스를 보기는 했어도 지금 같은 감정은 아니었다. 게다가 스피릿의 쌍둥이 탐사 로봇인 오퍼튜니티의 존재가 내게는 미미했다. 그것은 6개월 후에 스피릿이 탐사하던 반대편에 착륙한 로봇이다. 그때는 탐사 로봇 자체에 대한 관심보다는 화성에 대한 호기심이 더 컸다. 그저 기계일 뿐이라고 생각할 수밖에 없었노라 이제 와 변명한다.

막상 그림책을 읽고 나자 내 사고의 결이 완전히 달라졌다. 로봇에게 생명을 불어넣고, 로봇의 입을 빌어 말을 하고 있으니 완전히 그에게 스며든 것이리라. 그에 관한 뉴스와 영상들을 찾아보았다. 그림책 내용은 실제 이야기를 그대로 담고 있었다. 거기에 작가의 상상력이 보태어져 있어서 감정이 이입되고 예사로 보이지 않았다.

마치 내가 잘 아는 사람이나 아이가 식물이라고는 하나도 없는 황무지 화성에 풍선처럼 생긴 에어백 보호막에 싸여 착륙한 것만 같아 처음부터 가슴이 저려왔다. 오퍼튜니티가 스스로 에어백을 걷어내고 카메라가 달린 얼굴을 긴 목으로 세우고 태양 전지판을 날개처럼 펼친 뒤 눈앞의 광경을 찍어서 지구로 보내자 과학자들은 환호성을 질렀다.

오퍼튜니티의 수명은 90일로 기대되었으나 그 시간을 넘고 넘어 총 15년 동안 42.16킬로미터를 탐사했다. 1초에 겨우 5센티미터밖에 갈 수 없는 바퀴 6개를 굴려 물이 있는 흔적들을 찍어 지구로 전송했다. 붉은 먼지바람을 헤치고 구덩이를 건너고 언덕을 넘으며 자신의 임무를 착실히 수행했다. 앞바퀴를 굴릴 수 없게 되면 뒷바퀴를 굴리어 걸었다. 모래에 빠지고, 모래 폭풍이 불어 한 달이 넘도록 태양을 볼 수 없게 되었을 때 오퍼튜니티는 태양 전지판을 접었다. 그리고 고개를 깊이 숙이고 모든 기능을 끄고 버텼다.

"나는 정말로 혼자가 되었다."

이 문장이 와 닿는 막막함이라니! 어둠과 모래 폭풍을 온몸으로 맞서고 뼈저린 고독감 속에서 견뎌낸 오퍼튜니티가 다시 일어섰다. 기다란 목을 세우고, 카메라 렌즈를 활짝 열어서 뚜벅뚜벅 다시 걷는다. 그리고 뒤돌아보니 자기가 걸어온 길이 보였다.

흙먼지가 자욱한 화성의 붉은 땅에 두 줄기 바퀴 자국이
뚜렷하다.
내가 지나온 길이다. 지구의 누구도 와 보지 못한 길,
어쩌면 우주의 그 누구도 와 보지 못한 길.
내가 만든 길, 나의 길
나는 화성 탐사 로봇 오퍼튜니티, 오늘도 나의 길을 간다.

이 문장들은 오퍼튜니티의 일생을 내 삶으로 끌어와 흉내 내 보고 싶게 만들었다. 힘과 의욕이 떨어질 때 그의 모습을 떠올리며 다시 일어나 걸으면 될 것 같다.

우리가 이 지구에 와서 한 세상 살다 가는 것도 오퍼튜니티의 삶과 다르지 않다. 물론 오퍼튜니티처럼 아무도 없는 곳에 달랑 혼자 떨어져 사는 것은 아니지만 우리 역시 우리 자신의 삶을 책임져야 하는 존재이다. 삶을 이끌어가야 하는 우리는 오퍼튜니티이고, 오퍼튜니티가 걸었던 화성은 우리 인생이다.

세상에 나오면 우리는 아무것도 없는 것에서 하나하나 채워나간다. 새로운 세계에 들어가 넘어지고 다치면서 그 안에

서 무언가를 얻게 된다. 어떤 이는 지레 포기하는가 하면 어떤 이는 실패하면서도 끝까지 도전하여 새 삶을 살아낸다. 오퍼튜니티의 말처럼 "가만히 있으면 아무 일도 일어나지 않는다. 위험도 없지만 발견도 없다."면서 가 보지 않은 길을 계속 나아간다. 멈추든, 되돌아가든, 아니면 앞으로 나아가든 그것은 본인 선택의 몫이다. 우리 삶엔 정답이 없기 때문이다. 뒤로 가는 것을 실패나 잘못이라 할 수 없듯, 앞으로 나아가는 것도 성공이나 옳은 것이라 할 수 없다. 다만 자신이 어떤 삶을 원하는가에 의미 있다.

나는 내 삶이라는 화성을 더 많이 탐험하고 싶다. 매번 문장을 적어 상록오색길을 일주일에 한 번 오르는 것도 내 삶을 새롭게 구성하고 싶은 욕구 때문이다. 그래서 이번처럼 길에 사람이 거의 보이지 않을 정도로 뜨거운 낮 시간에도 꾸역꾸역 걸었다. 물론 더 뜨거워졌을 때는 잠시 숲길 걷는 것으로 우회할 수도 있다. 미련하게 더위 먹고 쓰러지면 안 되니 말이다. 오퍼튜니티도 태양이 없는 밤에는 전원을 끄고 모래 폭풍이 몰려올 때도 날개를 접고 죽은 듯이 있으면서 때를 기다렸다.

새로운 땅으로 계속 나아간 오퍼튜니티처럼 나 역시 새 땅으로도 나아가고 싶다. 나중에 그 길을 돌아보면서 "내가 만든 길, 나의 길"이라고 웃음 지으며 바라보고 싶다.

며칠 전 장형숙 할머니와 통화했다. 올해 95세 되신 할머니는 두 번째 책《책 사랑꾼 그림책에서 무얼 보았나?》에도 실었지만 신문이나 책, 또는 TV를 보시다가 용기와 격려를 보내고 싶은 사람에게 날마다 편지 쓰시는 분이다. 당신 이야기가 들어 있는 책이라 직접 댁으로 방문하여 책을 건네드렸다. 재작년 일이다. 그랬더니 책을 껴안고 너무 좋아하셨다. 그래서 이번 책도 보내 드리려고 초저녁에 두 번 전화드렸는데 안 받으셨다. 혹시나 하는 생각에 긴장이 되었다. 하지만 며칠 지나 낮에 걸었더니 아주 씩씩한 목소리로 받으셨다.

지금도 책을 읽으시느냐고 여쭈니 전날에도 단골 서점에 갔다 오셨노라 했다. 반갑기도 하고 깜짝 놀랐다. 아직도 책을 읽고 계시다니! 뿐만 아니라 할머니는 지금도 혼자 살면서 손수 밥도 하고, 버스 타고 밭에 가서 푸성귀도 기르신단다. 그리고 아직도 편지를 쓰신단다. 나도 모르게 "할머니 존경합니다. 저도 그렇게 살겠습니다."라는 말이 터져 나왔다. 그리고 책을 보내드렸다.

이런 것이 내가 새로 걸어가는 길이 아닐까. 나도 누군가에게 도움 되는 일이 무엇일지 꾸준히 찾아보고 실행에 옮겨보는 것이다. 내 삶을 열심히 탐험하면서 행복하게 사는 것도 도움이 될 테고, 작은 친절을 베푸는 것도 좋고, 때로는 금전적인 도움을 주는 것도 그러한 일일 것이다.

느티나무 같은 장형숙 할머니, 그리고 400년 넘게 언덕에 서서 힘을 실어주고 있는 어르신 느티나무의 삶도 오퍼튜니티의 삶이 아닐까? 이글거리는 뙤약볕 아래에서 긴 시간 걸어서 맨살로 드러난 목과 종아리 등이 붉게 부풀어 올랐지만 내 안의 에너지도 그에 못지않게 부풀어 올랐다. 뜨거운 길 위를 걸었다는 것만으로도 큰 기쁨을 줄 일이었다. 간간이 불어오는 바람이 불 때는 그 즐거움이 더해져 나도 모르게 "아, 인생은 즐거워라!"라는 말이 여러 번 나왔다.

나는 오늘 오퍼튜니티였다.

상록오색길 15킬로미터를 걷는 동안, 오퍼튜니티가 15년 동안 걸어온 땀과 열매가 전해져 오면서 나를 응원했다. 자신의 수명을 60배나 더 늘리면서 아름다운 임무를 마친 오퍼튜니티는 마냥 가엽기만 한 로봇은 아니었다. 긴 시간이 지난 지금까지도 우리들 머리와 가슴과 발을 움직이게 하는 멋진 친구이기 때문이다.

자녀라는 산을 넘어야 할 때

나는 누군가의 삶의 이유나 보람이 되고 싶지 않았다.
또 누군가를 나 자신의 삶의 보람으로 삼고 싶지도 않았다.

오치아이 게이코, 《우는 법을 잊었다》, 한길사

맨손으로 돌산을 오르는 할머니가 눈을 사로잡았다. 험하고 가파른 바위들을 아무런 장비도 없이 등산화에 반바지만 입고 바위산을 척척 오르신다. 그 모습만 보아선 나이를 가늠하기 힘든데 88세란다. 그것이 실화인가? 뒤로 나가떨어질 일이다. 지나가던 한 등산객도 그것은 기적에 가까운 일이란다.

안 그렇겠는가? 그 나이라면 평지 걷기도 힘든 때이다. 시어머니도 그 연배인데 지팡이 짚고도 겨우 서너 걸음을 걷다가 어딘가에 앉아 쉬어야 한다. 허리는 굽고 조금만 걸어도 숨이 거칠다. 그런데 인수봉에서 팔순 기념 케이크를 받은 그 할머니는 대체 뉘시란 말인가. 90세 생일도 거기에서 보내는 게 목표란다.

카메라가 할머니 집으로 따라간다. 베란다에서 손빨래하는 할머니는 지금껏 세탁기를 쓰지 않았는데 산에 오르려고 근육을 키우기 위해 일일이 손으로 빠신단다. 헹군 빨래를 꽉 짜서 널고 들어온 할머니는 긴 고무장갑을 가져오더니 등 뒤로 가져가 위아래로 잡아 쭉쭉 늘린다. 그리고 누워서도 고무장갑 운동을 한다. 그것 역시 산을 오르기 위한 운동이다.

어느 날은 커다란 등산가방을 싸더니 뒷산을 오르신다. 자리를 잡더니 텐트를 치고 준비해 간 저녁을 먹고 그 안에서 잠을 잔다. 아침에 일어난 할머니는 기분 좋게 맨손운동을 하더니 텐트를 거둬 유유히 집으로 돌아간다.

소설을 읽다가 만난

나는 누군가의 삶의 이유나 보람이 되고 싶지 않았다.
또 누군가를 나 자신의 삶의 보람으로 삼고 싶지도 않았다.

라는 문장에서 그 할머니 모습이 떠올랐다. 할머니의 모습도, 이 문장도 모두 찌르듯 내 안으로 들어왔다. 그토록 꼿꼿하고, 그토록 눈부신 문장과 할머니는 아직 만나지 못했다.

"너는 내 희망이야." "너 때문에 살아." "너는 내 기쁨이야." 같은 말들은 수도 없이 만났다. 자녀에게, 배우자에게, 연인에게 아무렇지도 않게 던지는 말들이다. 더구나 소설 주인공은 혼외 자식으로 태어나 차별을 받으며 살아온 여성이다. 그 어머니 역시 질타와 무시를 받고 살았지만 딸에게는, "네 인생이니까 네가 하고 싶은 대로 살아도 괜찮아." 하면서 자유롭게 맘껏 딸의 인생을 살라고 한다.

누군가를 자신의 삶의 이유나 보람으로 삼는다는 것이나 그 반대의 경우엔 의존이나 집착의 관계로 변하기 쉽다. 한국인 최초로 쇼팽 콩쿠르에 입상하고, 세계 3대 콩쿠르를 석권한 피아노 천재 임동혁은 어린 시절 자는 시간과 식사하는 시간만 빼고 피아노 연주 훈련을 했다. 그런 피나는 노력 덕에 세계적인 피아니스트가 되었는데 그 뒤에는 어머니의 헌신이 있었다. 그런데 임동혁은 그 헌신이 지나쳐 보상 심리와 강한 집착이 되어 불행했다고 고백했다. 그의 어머니도 처음부터 그럴 생각이 아니었을 것이다.

그런데 소설 속 어머니와 딸은 이 세상 누구보다도 그런 관계로 될 가능성이 높았지만 오히려 그 누구보다도 각각 독립된 개체로서 살았다. 할머니 역시 누군가에게 자신을 의탁하고 살 나이이다. 병약해지고, 외로울 나이이지만 날마다 혼자서 산을 찾으며 씩씩하게 살아간다.

할머니가 원래부터 건강했던 것은 아니다. 40대 때 어지럽고 기운이 없어서 몇 걸음 걷기도 어려웠다고 한다. 하지만 살기 위해서 조금씩 산을 오르다가 그 경지에 닿게 되었다. 최근에는 대장암까지 발병해 수술하고 항암치료를 했다. 그런데 정기 검진에서 나았다는 진단을 받았다. 근육이 발달해서 암이 힘을 쓰지 못한다는 것이다.

우리 정신은 몸의 영향을 예민하게 받는다. 약하거나 어디가 아프면 위축되고 자신감이 떨어진다. 외로움도 더 커진다. 활동 반경이 줄어들기 때문이다. 할머니가 산을 다니면서 몸이 건강해져서인지 삶에 군더더기가 없다.

젊은 시절 남편이 늦게 들어오거나 출장을 간다고 하면 화가 많이 났다. 결혼을 했으면 아내인 나와 시간을 많이 보내야 한다는 생각이 지배적이었기 때문이다. 그러니 술자리가 많고

출장이 잦은 것에 불만이 많을 수밖에. 그렇지만 한편으론 내가 남편에게서 정신적인 독립을 하지 못한 것으로 간주하고 남편에게서 독립을 해야겠다고 생각했다. 쉬운 것은 아니었지만 중년이 되면서 서서히 가능해졌다.

자녀에게는 그러한 것이 없었다. 그런데 직장 때문에 서울에서 따로 지내는 딸이 생각보다 늦게 다녀갈 때는 서운함이 들었다. 나는 나대로 잘 살고 있고, 할 일도 적지 않아 잊고 있다가도 딸이 집에 온다고 하면 그제야 따져보고 그러는 것이다. 소설 속 어머니처럼 나도 딸들이 하고 싶은 대로 살도록 하고 있지만 이 감정은 통제가 잘 안 됐다. 그래서 그 문장이 남다르게 다가왔는지도 모르겠다.

상록오색길을 걸으며 문장을 곱씹었다. 그리고 바위산 오르는 할머니도 많이 생각했다. 딸이 오면 좋고, 안 오면 바쁘려니 하면서 살기 위해선 먼저 몸을 건강하게 만들어야 한다고, 약한 마음이 비집고 들어올 틈새를 만들지 말아야겠다고 세뇌를 했다.

배우자나 자녀를 삶의 이유나 보람으로 삼지 말고, 나 자신을 그 대상으로 삼으면 된다. 남편을 겨우 넘었더니 이제는 자녀라는 더 큰 산이 버티고 있다. 세상살이라는 게 산을 넘고 넘어야 하는 것이라면 종내는 나라는 산도 넘어야겠지.

두 산을 넘는다는 생각으로 상록오색길을 한 발 한 발 내딛었다.

돌을 피하는 법

아서라
질질 끌지 말지어다.

9월인데도 한낮은 여름이다. 점점 지구가 더워지고 있으니 더 그러하겠지만 올여름은 유난하다. 장마기간엔 쨍쨍한 날이 많았다. 그러더니 9월에 들어서면서 가을장마란 말이 나올 정도로 비 오는 날이 잦다. 그 덕에 잠시 서늘한 날들도 있었지만 다시금 여름인 듯 뜨겁다.

오늘은 시간이 여유롭지도 않지만 더위 때문에 상록오색길을 걷기엔 무리다 싶어 뒷산을 다녀오기로 했다. 가지고 나온 옷가지들을 수거함에 넣고 나서야 어깨에 맨 작은 가방이 가볍다는 걸 알았다. 휴대폰을 두고 나온 것이다. 오랜만에, 아니 휴대폰 없이 걸은 날이 없었으니 뭔가 색다른 느낌일 것 같았다.

숲의 기운을 더 많이 느끼고, 나무들과도 더 깊이 교감할 수 있으리란 기대감이 몰려왔다.

산에 올라 숲으로 들어가 고무신을 벗었다. 흙에 닿는 서늘한 촉감이 상쾌했다. 그런데 몇 분 안 지났을 때 위로 질러서 올라가는 길에 서 있던 노신사가 물었다.

"여기로 올라가면 정상이 나옵니까?"

나는 그렇다고 했다. 끝나는 길에서 틀어 올라가면 된다고 말하면서 나는 둘레길을 걷는다고 했다. 그랬더니 신사는 둘레길도 있느냐면서 올라가려던 길을 관두고 내 뒤를 쫄래쫄래 따라왔다. 나는 앞에서 재빠르게 걸으면서 어디 사느냐, 이 산엔 처음 왔느냐 등을 물었다. 멀지 않은 곳에 사는데 볼일 보러 왔다가 정상에 올라가 보려고 했단다. 그러면서 내게 물었다.

"발 안 아파요?"

처음에 많이 아팠지만 이제 괜찮다고 대답했다.

뒷산은 맨발로 걷기에 좋은 산이 아니다. 어느 구간은 떨어진 소나무잎이나 나뭇가지들이 많고, 어느 구간은 뾰족한 돌멩이들이 많다. 그리하여 걷다가 돌부리에 차이고 찔리기도 해서 적지 않은 통증을 얻기도 했다. 첫날밤엔 얼마나 얼얼한지 잠을 제대로 이루지 못할 정도였다.

하지만 날이 갈수록 발도 적응했는지 아무렇지 않게 되었다. 그동안 돌길 걷는 노하우가 자연스레 터득되었기 때문이기도 하다. 어떤 돌은 밟아도 되고 어떤 돌은 피해야 되는지 말이다. 통증을 주는 돌은 사뿐히 피하고 지압을 주는 돌은 일부러라도 밟는다. 돌길 사이에서 평지같이 납작한 돌을 보면 거길 밟아야 아프게 하는 돌을 피할 수도 있다.

사람 관계에서도 그러하다. 주변엔 상처를 주거나 에너지를 뺏는 사람들이 분명 있다. 그런 사람들을 처음부터 걸러낼 수 있는 혜안이 있다면 고민할 것도 없겠지만 천의 얼굴을 가진 사람도 있기 마련이므로 쉽지 않은 일이다. 분명 결이 맞을 것 같아 관계를 맺었는데 불편함을 안겨주는 사람들과 계속 관계를 이어간다는 것에 회의가 올 때가 있다.

하지만 사람 관계는 산길에서 돌을 밟고 안 밟는 것처럼 그리 단순한 일이 아니다. 쉽게 내칠 수 없는 것에는 여러 이유가 있다. 끊는 시기를 적절하게 찾지 못하거나, 너무 깊이 와 버렸거나, 거절을 잘 못하는 성격이거나 하는 등 사람이나 관계마다 상황이 많이 다르다. 나이를 먹으면서 성찰의 힘이 커져 어떤 행동이나 말을 듣고서 바로 판단이 오는 경우도 있지만 아직 그런 경지에 오르지 못한 사람도 적지 않을 것이다.

불편함을 주는 관계라면 거리두기를 하는 것이 좋다. 내가 품어서 상대를 바꿀 수 있다면 계속 이어가도 좋을 테지만 그렇지 않다면 좀 과감해져야 한다. 많은 이들도 에너지를 앗아가는 사람과는 멀리하라고 조언한다. 나도 같은 생각이다. 좋은 것만 하고 살기에도 인생은 짧다. 엉뚱한 곳에서 시간과 에너지를 뺏기지 않고 싶다. 그런 경험 때문에 다른 사람과 관계맺는 것에 어려움을 겪는 사람도 보았다.

그것이 돌을 밟고 안 밟는 것처럼 단순한 것이 아니라고는 했지만 마음먹기에 따라 크게 다르지 않을 성싶다. 물론 그러기 위해선 적지 않은 용기와 연습이 필요하다. 3번 만나던 것을 1번 만나고, 싫은 부탁을 해왔을 경우엔 정공법을 써서 의사를 정확히 전달하고, 말하기 힘들면 문자로 보내고, 불편한 감정을 상대에게 알려주고, 주위 사람들에게 대처법도 물어보면서 해결해본다. 돌을 잘못 밟아 통증을 얻은 다음에는 그 돌을 조심하게 되는 것처럼 자신 안에 경험이 쌓여 도움이 된다. 그러다 보면 굳은살도 생겨서 어떤 관계는 무난히 넘길 수도 있으리라.

느긋하게 숲과 교감하며 걷고 싶었던 순간에 갑작스레 나타난 노신사는 날다람쥐처럼 내달리듯 걷는 나를 계속 쫓아오다가 한 바퀴를 다 돌고 다른 둘레길로 향하는 내 등을 향해 목청 돋워 감사하다고 했다. 비로소 내 걸음이 느려지기 시작했다.

노신사 때문에 평소 좋아하는 나무나 여기저기 올라온 버섯들에게 눈길 한 번 제대로 주지 못하고 앞만 보며 걸을 수밖에 없었다. 처음으로 휴대폰도 없는 날에 말이다. 조금 과장해서 소설 속 에피소드 같다. 그가 뒤따라 오고 있는 자체가 말없는 통제를 하는 것 같았다.

그가 없어진 숲길은 금세 예전처럼 편안해졌다. 커다란 밤송이도 발견해 알토란 같은 밤을 세 개나 얻었다. 잠시 동안 불편하게 한 그 사람 때문에 나는 나도 모르게 내달리는 방법을 택했던가 보다. 무섭거나 싫으면 36계 줄행랑도 그리 나쁜 건 아니다. 가장 단순하면서도 명쾌하게 돌을 피하는 삶의 지혜다.

그런데 밤이 되면서 발바닥은 괜찮은데 발목이 아파왔다.

나도 모르게 힘이 들어가 인대에 무리가 갔던가 보다. 노신사는 그저 말없이 따라왔을 뿐인데 뒤늦게 온 통증이 쉬이 사라질 것 같지 않았다. 하물며 관계를 쌓아온 사람이 남긴 상처라면…,

아서라, 질질 끌지 말지어다.

나만의 방

"소인은 그동안 저 자신을 돌보지 않게 되었습니다.
그래서 날마다 이 방에 와서 자신을 돌아보았습니다."

유리 슐레비츠, 《비밀의 방》, 시공주니어

SNS를 통해서 알게 된 이들을 적지 않게 만났다. 온라인상이 아니라 실제로도 만났다는 말이다. 전시를 한다거나 책을 내어 축하도 해주고, 그들이 진행하는 북토크나 강의 등에 참여하면서 만나는 경우가 많다. 사인받기 위해서도 만난다.

그런데 처음과 달리 두세 번째 출간 후 태도가 달라져 있는 이들을 보았다. 자신감이 넘치다 못해 눈에 거슬리는 태도가 더 이상 만나고 싶지 않은 관계로 만들었다. 내 판단이 잘못된 것일 수도 있는데 함께한 이의 눈에도 그리 보였다면 수긍할 만한 일일 것이다.

내게 있어 그런 사람과 관계를 끊는 것은 크게 어렵지 않다. 소위 잘난 체(?) 하는 사람과 계속 유지하는 것이 더 어렵기 때문이다. 그래서 은연중 겸손한 사람에게 마음이 많이 끌리는지 모른다.

유리 슐레비츠의 그림책 《비밀의 방》에는 명예와 부가 높아질수록 자신의 마음을 더 많이 돌아보는 노인이 나온다. 사막에 살던 노인은 그곳을 지나가던 임금을 우연히 만났다. 그런데 임금이 던진 짧은 문답에 신임을 얻어 성으로 불려 가 보물 관리하는 일을 맡게 되었다. 임금은 머지않아 모든 일에 노인의 의견을 들었고, 후한 상도 내렸다.

노인의 힘이 점점 커지자 불안해진 우두머리 대신은 그를 시기하고 모함했다. 노인이 임금의 보물 창고에서 금을 훔쳐 집에 숨겨 두었다면서 말이다. 임금은 신하들과 함께 노인의 집으로 갔다. 하지만 아무리 뒤져도 보물은 나오지 않았다.

그때 우두머리 대신이 잠겨 있는 문 하나를 발견하고는 의기양양하게 '비밀의 방'이라 말했다. 임금은 즉시 그 방의 문을 열도록 했다. 하지만 너른 방에는 아무것도 없었다. 구석에 돌 의자와 구불구불한 지팡이만 있을 뿐이었다. 임금이 무슨 방인지 묻자 노인이 대답했다.

"소인은 그동안 저 자신을 돌보지 않게 되었습니다. 그래서 날마다 이 방에 와서 자신을 돌아보았습니다. 소인이 언젠가 사막에서 폐하와 만났던 흰머리에 검은 수염을 지닌 사람과 같은 사람이기를."

노인이 방을 열 때 심장이 오그라드는 줄 알았다. 혹여나 노인이 재물에 눈이 멀어 금은보화를 가득 쌓아놓기라도 했으면 어쩌나 했다. 그러나 텅 빈 방을 보고 그 반전에 놀라고 말았다. 노인의 말을 듣고 났을 땐 심장이 한없이 커지며 커다란 북소리가 들리는 듯했다.

과연 그런 이가 현실에 존재할까? 창문으로 비쳐 드는 곳에 고개를 숙이고 임금에게 말하고 있는 노인의 태도는 예전과 다른 게 없었다. 소박한 옷에서 화려한 옷으로 바뀌었을지언정 날마다 자신을 돌아보며 사막에서 생활하던 모습을 지키려고 노력했으니 변할 리가 없었다.

내가 상록오색길을 걷는 이유 가운데 하나도 나를 돌아보기 위해서이다. 어쭙잖은 책이지만 세 권이나 낸 지금, 첫 책을 냈을 때와 달라지지는 않았는지 돌아본다. 아니 더 겸손해져야 한다고 스스로에게 이른다.

길을 걸으며 좋아하는 가수 이야기를 떠올리기도 한다. 경연이 끝나고 큰 인기를 얻은 그가 다른 동료보다 신곡 발표가 늦어지는 이유가 궁금했다. 거의 막차로 발표한 곡은 기대 이상이었다. 인터뷰를 보니 수백 곡이 들어왔었다고 한다. 그런데 신중하게 선택하고 싶어서 고르느라 늦었다는 것이다.

그걸 보면서 나는 매번 너무 서두른 건 아니었는지 나 자신에게 물었다. 문장 하나하나에 얼마나 정성을 쏟았고, 다듬는 데에는 얼마나 많은 시간을 들였는지 말이다. 그러면서 다음번엔 정말로 신중하자고 내게 타이른다. 소나무는 몇백 년씩 산다. 그런데 다른 소나무에 견줘 반송은 수명이 짧다고 한다. 줄기에 비해 너무 많은 가지를 뻗기 때문이란다. 끝도 없이 뻗어나간 가지의 무게를 견디다 못해 가지들이 갈라져서 결국 쓰러지고 만다는 것이 나무 의사 우종영의 말이다. 삶과 욕망 사이에서 균형을 잡는 일이 얼마나 중요한 일인지 일깨워준다.

성찰 속에 태어난 책을 좋아한다. 신영복 선생의 책들을 좋아하는 것도 그런 이유 때문이다. 성찰하지 않으면 거듭나기 힘들다. 성찰 속에서 나를 들여다볼 수 있고, 그래야 나아갈 길과 삶의 태도가 그려진다. 성찰하는 방법에는 여러 가지가 있겠지만 내게는 걷는 것만큼 좋은 것이 없다. 상록오색길을 걸으러 갈 때마다 내 삶을 돌볼 문장들을 가지고 가 어르신 느티나무하고 대화도 하고 걸으면서 계속 그 문장을 음미한다. 그렇게 하면 낮아지고 깊어진다. 따라서 상록오색길은 노인의 '비밀의 방' 같은 곳이다.

젊은 시절 산책이라곤 모르고 살 때 신영복 선생의 '처음처럼'을 써서 식탁 옆 벽에 붙여놓았었다. 식탁에 앉을 때마다 그 글귀들을 보면서 마음을 닦으려 노력했다. 어떤 일을 처음 시작할 때의 그 마음을 잊지 않기 위해서였다. 그때만큼 떨리고 긴장되는 순간이 또 있으랴. 거만하거나 교만한 태도가 비집고 들어올 자리가 없다. 가장 겸손한 태도를 지닌 시간일 것이다. 신영복 선생의 '처음처럼'에는 그때의 마음들을 떠올리게 했다. '처음으로 하늘을 만나는 어린 새처럼/처음으로 땅을 밟는 새싹처럼' 살아간다면, 어디 어깨에 뽕을 넣겠는가. 손에 땀이 날 만큼 조심조심할 것이다.

이 당시 나는 청소년 대상으로 사고력 독서 논술이라는 사

교육을 하고 있었다. 점점 수업이 늘어서 학부모들은, 적게는 1년 많게는 2년 넘게 자녀들이 수업할 시간이 나기를 기다렸다. 많이 바쁘던 시절이었다. 우쭐해질 수 있는 시기였다. 그럴수록 그 시를 읽으며 처음 수업할 때의 마음가짐을 잊지 말자고 되새겼다. 초등학생 1학년이던 큰딸과 딸 친구 두 명을 두고 첫 수업 할 때의 긴장되고 떨리던 그 자세로 최선을 다 하고자 했다.

처음엔 상록오색길을 일주일에 한 번씩 걸었지만 보름에 한 번 걷기도 한다. 그래서 노인처럼 날마다는 아니어도 자주 들여다보려면 가까이에 무언가가 있어야 했다. 프랑스 자수가 놓인 미니 테이블보가 바로 그것이다. 접혀서 진열되어 있을 때는 흰 손수건인 줄 알고 몇만 원이면 살 수 있겠거니 하고 가격을 물었다. 배운 적도 산 적도 없어서 가늠할 수 없기에 입이 벌어질 정도였으나 갖고 싶었다. 광목 위에 수놓은 딸기 넝쿨이 대각선으로 양 구석에 자리하고 있는데, 그마저도 오른쪽 위에 있는 것은 줄기 끝에 딸기 하나가 달랑 달려 있다. 여백이 가득한 작품이다. 집에 가져오고 보니 테이블보로 쓰기엔 너무 아깝다는 생각에 액자로 만들었다.

액자를 책상 옆에 두었다. 침대에서 일어나면 바로 보이는 자리다. 아침에 일어나 그 여백을 바라보며 마음을 다스리기 위해서이다. 조선 선비들이 백자를 보며 욕심을 버리고 맑은 정신을 가지려고 노력한 것처럼 말이다.

우리의 마음은 다스리지 않으면 금세 나쁜 기운이 들어오기 쉽다. 욕심, 시기, 나태, 자만 등, 우리의 삶과 타인과의 관계를 무너뜨리기 쉬운 것들이다. 하지만 나를 들여다보는 시간과 장소를 가진다면 나쁜 기운을 물리치고 좋은 기운을 불러올 수 있다. 누군가는 명상으로, 또 누군가는 음악으로, 그림으로, 시로 마음을 다스리고 자신을 되돌아볼 것이다. 나는 시도 읽고 액자 속 작품을 보기도 한다. 그리고 길을 걷는다. 모두 마음을 돌보고 챙기는 '나만의 방'이다.

기다려라,
나의 노년이여!

우리가 노년에 실제로 잘 잊어버리는지,
또 어떻게 잊어버리는지 하는 문제는
태도와 연습에 따라 답이 달라진다.

스벤 뢸펠, 《나이의 비밀》, 청미

어르신 느티나무를 22일 만에 만나러 가는 길이었다. 요즘 아파트 뜰과 가로수에 단풍이 진하게 들고 있어서 얼마나 멋진 자태를 하고 있을지 기대감에 부풀었다. 그래서 걸음이 절로 빨라졌다. 상록오색길에 못 가는 시간이 길어진 데에는 가지고 나갈 문장을 만나지 못한 것도 있었지만 그 사이에 남편이 집에 왔었다. 코로나19로 1년 10개월 만에 와서 같이 움직여야 할 일도 적지 않았기에, 내 일상은 경로이탈을 하고 있었다. 남편과 한 번 이 길을 걸어야겠다고 생각했지만 그럴 여유가 없었다. 그래서 남편이 다시 일본으로 돌아간 뒤에야 시간을 낼 수 있었다.

다른 날보다 한 시간 정도 일찍 나섰는데도 빨라진 걸음은 더 빨라지고 있었다. 하지만 도착해 보니 느티나무에게는 큰 변화가 없었다. 가지 끝 잎사귀들이 조금 말라 있는 정도이고, 아직 푸른빛을 날리지 않고 있었다. 먼저 안부 인사를 여쭈었다.

"어르신 오랜만입니다. 단풍이 들어 있을 거라 생각했는데 아직이군요. 저의 아파트 단지 앞에 두 줄로 서 있는 은행나무들은 벌써 노란 옷으로 바꿔 입었거든요."

"어허, 그런가. 그래서 실망했나? 요즘 갑자기 추워졌지? 아마 일주일 전쯤이지? 전날까지도 반팔을 입던 사람들이 겨울 점퍼를 입은 것이 말이야. 그래서 나무들도 겨우살이 준비를 빨리 시작했을 거야. 그리고 은행나무에겐 은행나무의 시간이 있고, 내겐 나만의 시간이 있다네. 같은 은행나무라 해도 어디에 있느냐에 따라 또 다르겠지. 내가 있는 여기를 둘러보게나. 작은 숲이지만 나무들이 에워싸고 있어서 아직은 덜 춥다네. 낮과 밤의 기온차도 그렇게 많이 나지 않아. 자네 아파트 앞은 낮에는 해가 많이 비쳐서 따스할 테지만 밤이 되면 기온이 많이 떨어져서 꽤 쌀쌀할 걸세. 그래서 나무들이 겨울로 가는 준비를 더 일찍 했을 것이야."

"그렇군요. 한편으론 다행입니다. 서서히 물드는 모습을 보지 못하고 갑작스레 변한 모습을 볼까 조금 염려됐거든요. 그런데 오늘 제가 어르신께 묻고 싶은 것은 기억력에 대한 것입니다. 저는 50이 넘으면서 기억력이 많이 떨어지고 있어 나이 탓이라 생각하고 있었답니다. 뇌가 노화되어서 당연한 것이라고요.

그런데 책을 읽다 보니 우리 뇌가 계속 성장을 한다고 하네요. 뇌의 노화도 그 사람의 태도와 연습에 따라 달라진다는 거예요. 그래서 새 희망이 보이고 기운이 솟습니다. 저보다 7배나 많이 사신 어르신의 기억력은 어떨지 궁금합니다."

"기억력이라…. 내 기억력이 점점 떨어졌다면, 내가 짓는 한 해 농사를 망칠 수도 있었겠지. 봄이 아닌 여름에 싹을 냈다면 씨앗을 제대로 맺지 못했겠지. 하지만 지금까지 그런 실수를 한 적이 없다네. 언제 싹을 틔우고, 언제

꽃을 피우고, 언제 열매를 맺고 또 언제 잎에서 물을 빼서 떨어뜨릴 것인지 그 시기를 놓치지 않고 지금까지 잘 살아왔으니 나이 먹는다고 해서 무조건 기억력이 떨어진다고 단정할 수는 없겠네.

태도와 연습에 따라 달라진다고 했나? 우리 나무들에겐 그것이 생존과 깊은 관계가 있기 때문에 내 모든 감각을 세워서 날씨를 살핀다네. 내 삶에 열과 성의를 다하기 때문이라 할 수 있으려나! 그것도 어찌 보면 잊지 않으려는 태도라고 할 수 있겠네 그려."

"귀한 말씀입니다, 어르신. 의도적으로 노력하는 것이 중요하다는 생각이 드네요. 오늘도 감사합니다. 저는 이제 길을 걸으러 가겠습니다. 오늘 걸음이 유난히 더 가볍게 느껴질 것 같습니다."

정말로 나는 간식 먹는 시간 빼고는 한 번도 쉬지 않고 걸었다. 5시간에서 5시간 반 정도가 걸린 평소와 달리 4시간 반 정도에 마쳤다. 그랬음에도 전혀 피곤하지 않았다. 걷기에 좋은 날씨였고, 그간 맨발걷기를 해서 체력이 많이 좋아진 것인지는 모르지만《나이의 비밀》(스벤 푈펠 지음, 청미)을 읽으면서 한껏 고조되어 있는 까닭도 무시 못 할 것이다. 엽서에 적어가서 어르신 느티나무와 이야기한 내용처럼 우리의 기억력이 태도와 연습에 있다는 것을 책에선 과학적 데이터와 실험 결과 등을 바탕으로 설명하고 있다.

최근에 출간한 《비로소 나를 만나다》에 '늙어가는 것이 아니라, 익어가는 것이다?'라는 챕터에서 나는 점점 더 깊어지는 건망증에 대한 일화들을 잔뜩 늘어놓으면서 그 원인이 노화에 있다고 했다. 뚜렷한 증거도 없으면서 대부분 나이를 먹으면 나타나는 현상들이라고 치부들 하기에 나도 모르게 그리 판단해버린 것이다.

나이 먹으면서 뇌가 노화한다는 말이 아주 틀린 것은 아니겠지만 정확한 말도 아니라는 것을 이번에 알았다. 우리의 뇌는 태어나서 고령에 이르기까지 계속해서 새로운 시냅스를 만들어낸다고 한다. 그렇다고 가만히 있는데 뇌가 성장한다는 말은 아니다. 이것은 젊은 뇌나 나이 든 뇌나 다르지 않다. 뇌의 신경세포가 분포되어 있는 회백질을 근육처럼 자꾸 써 줘야 성장한다는 것이 신경학자들이 한 목소리로 강조하는 것이란다. 새로운 언어를 배우거나 악기 연주를 배우는 등 새로운 교육을 받고 새로운 요리를 시도하는 등 말이다.

70세가 넘었는데도 뛰어난 기억력을 가지고 있는 공 언니가 있다. 엊그제 같이 식사할 기회가 생겨 여쭤보았다. 본인 스스로도 기억력이 좋다고 하시는데 젊은이 못지 않다. 간추려 보자면 공 언니는 순간순간을 그냥 지나치는 것이 아니라 음식을 음미하듯 자신이 있었던 공간의 분위기와 느낌을 온 감각으로 느낀다. 그리고 밤에는 그걸 되새긴다.

책도 일주일에 2권 이상 읽고, 같은 책을 수십 번 반복해서 읽는다. 읽고 난 뒤에는 한 줄 요약도 하고 중요한 부분을 되새긴다. 어디를 다녀왔을 때에는 그 장소를 머릿속에 그림으로 그리고, 무엇을 했는지 하나하나 떠올린다. 가족 여행을 갔을 때도 새벽 5시경에 혼자 일어나 그 주변을 돌아보거나 갈 곳을 먼저 가 본다. 일명 예습과 복습을 이처럼 꼼꼼히 즐긴다. 그리고 문화센터에 다니면서 새로운 것들을 배운다. 캘리그라피 같은 것은 책을 사다가 혼자서 익혔다. 듣고 보니 역시였다.

《나이의 비밀》에서 말 한 이야기를 먼 곳도 아닌 바로 가까이에서 증명 받다니 실로 서광이 비치는 듯했다. "우리가 노년에 실제로 잘 잊어버리는지, 또 어떻게 잊어버리는지 하는 문제는 태도와 연습에 따라 답이 달라진다."라고 말한 그대로가 아닌가. 되돌아보지 않는다면 겪었던 일들도 물 흐르듯 그냥 흘러가고 말 것이다. 학습 후 10분 후에는 50퍼센트가, 하루 뒤에는 70퍼센트가, 한 달 후에는 80퍼센트가 망각된다는 에빙하우스의 망각이론은 특별히 나이를 구별하지 않을 수 있다.

공 언니처럼 그 날 잠자리에서 뇌에 새기면 30년 전의 일도 생생하게 기억할 수 있을 것이다. 양치질이나 세수를 했는지 안 했는지 깜빡하는 작은 일에서부터 맞춤법을 헷갈리게 하는 기억력 등도 "갈수록 주의력이 산만해지며 잘 잊어버리는 것은 피할 수 없다고 스스로 만들어내는 셈"이다. 반대로 자신의 기억력이 여전하다고 확신하는 사람은 모든 방해요소를 이겨내고 사물을 더욱 잘 기억하는데 그만큼 연습이 중요하다고 한다.

그리고 단어가 잘 떠오르지 않는 것은 그 단어를 평소에 잘 사용하지 않기 때문일 것이다. 그런 일이 한두 번 있는 일은 아니지만, 바로 어제도 남편과 통화하는데 중간에 하고 싶은 단어가 떠오르지 않았다.

어떤 상황이냐 하면, 이번에 본 남편 배에는 큰 보름달이 들어앉아 있었다. 요즘 중년과 노년에 대한 책을 읽고 있어서 남편 건강이 더 염려되었다. 그런데 남편은 일본으로 돌아갔는데 볼록한 배는 머리에서 떠나지 않았다. 그래서 남편과 통화하면서 그 이야기를 했다. "어젯밤에는 자려고 누웠는데 자기 배가 떠오르고 걱정이 돼서 잠이 안 왔어. 정말로 자기 배 보니, 응, 뭐더라? 아, 단어가 안 떠오르네." 그러고선 끊었다. 나중에야 생각났다. 바로 '심각해!'였다.

자주 쓰지 않는 단어는 이제 잘 안 떠오른다. '심각'이란 단어가 떠오르지 않았다는 것은 그만큼 심각한 일이 없어서 잘 쓰지 않았기 때문일까? 그렇다면 다행이지만 그토록 쉬운 단어가 떠오르지 않았다는 사실이 부정할 수 없는 지금의 현실이다. 우리말도 그럴진대 외국어라면 어떨까? 이제 영어도 굿바이, 바이바이 정도만 기억하는 것은 아닐까? 하지만 방법은 있다. 일상생활에서 폭넓은 단어를 사용하는 것이다.

로마의 정치가이자 철학자였던 키케로도 나이가 들었다고 해서 기억력이 떨어지는 것은 아니라고 한다. 기억력을 훈련하지 않거나 날 때부터 아둔했을 것이라는 것이다. 그가 쓴 책에 “나는 노인이 보물을 묻어둔 장소를 잊어버렸다는 말을 들어본 적이 없네. 노인들은 법정 출두일이라든가 채무자와 채권자 같이 자신들과 이해관계가 있는 것은 무엇이든 기억하고 있다네.”라고 말하고 있다.

기억력뿐만 아니라 노년도 “어떤 생각으로 보는가에 달려 있으며 누구든 자신의 노년을 개척할 수 있다.”라는 푄펠의 말에 나는 많이 고무되어 있다. 우울, 질병 고독이 아니라 활기차고 즐거운 노년을 맞이할 수 있다는 생각 때문이다. 입에서 랄랄라가 터져 나올 판이다. 두려웠던 노년의 삶이, 그러니까 입에 올리고 싶지도 않았던 ‘할머니’의 시간이 오히려 기대도 된다.

노년에 대해 온갖 부정적인 생각만 가지고 있다가 그렇지 않다는 사실을 하나 둘 알아가면서 용기가 생기고 있다. 내 의지에 따라 얼마든지 지금까지 해 온 일들을 노년기에서도 계속할 수 있고, 하고 싶은 새 일들도 할 수 있으니 말이다. 특별한 사람만의 전유물이 아니다. 아니 평범한 이들도 태도와 노력, 연습에 따라 얼마든지 특별한 범인이 될 수 있다. 그러니 나의 노년이여, 기다려라!

숨구멍

그녀는 혼자였다.
그녀는 혼자였다. 그녀는 혼자였다.
자신을 짓누르던 압박이 사라지는 것이 느껴졌다.

도리스 레싱, 《19호실로 가다》, 문예출판사

잎을 떨구고 오로지 맨몸으로 서 있는 어르신 느티나무는 그 자태가 더욱 빛났다. 가까이에서 보면 몸통엔 울퉁불퉁한 옹이와 상처들이 많이 달려 있지만 수형만큼은 400년이 아니라 이제 100년도 안 돼 보이는 탄탄하고 멋진 몸매를 가지고 있다. 기둥과 가지에서 솟아 나오는 듯한 기운은 말할 것도 없다.

어느 계절에 가도 내 마음을 사로잡는다. 움직이지 않고 늘 한자리에 있기에 보고 싶으면 언제든 가기만 하면 된다. 그래서 나로선 마냥 좋지만 느티나무 입장에선 어떨까 궁금하다. 나무로 태어나고 싶다는 사람을 보기는 했다. 하지만 나무를 아무리 좋아하는 나도 붙박이로 있는 것은 쉽지 않을 것 같다.

30년 동안 나무를 연구해온 신준환 전 국립수목원장은, "나무는 아무리 어려운 여건에서도 햇살 한 가닥만 있으면 새잎을 내고 이슬 한 방울만 있어도 뿌리를 뻗는다. 그래서 수분과 햇살을 연결하여 에너지를 만들고 초록 잎을 피우며 희망을 노래한다."라고 한다. 어디 그뿐인가. "고목은 열매를 맺지 못하고 잎을 피우지 못할 때에도 자신의 무능을 한탄하지 않고 새도 맺고 구름도 피우며 멋을 부린다."고도 한다.

한자리에서도 온갖 변화를 만들어내고 시름뿐만 아니라 화려함과 비움, 고독을 펼쳐내고 또 거둬들이는 존재. 그러면서 새도 구름도 바람도 비도 사람도 다 받아들이며 시간을 채우는 것이 나무들이다. 바로 우리 어르신 느티나무의 삶이기도 하다.

내가 갔을 때도 많은 비둘기와 참새들이 나무 품에 앉아 있다가 나무 울타리로 내려앉았다가 푸드득 날아가기도 했다. 비둘기들은 내가 어르신 나무와 이야기하느라 울타리를 돌 때

내 앞에서 걷기도 하고 울타리에 가만히 앉아 있기도 했다. 새들에게는 어르신 느티나무가 언제든 쉬고 싶은 자기들만의 장소일 것이다. 지금은 보호수로 지정되어 울타리를 둘러 우리가 나무 그늘 아래로 들 기회를 갖기 어렵게 되었지만 예전에는 단옷날이면 여인들이 그네도 뛰고, 동네 사람들이 나무 아래에서 휴식을 취했다고 한다.

이토록 멋지고 든든한 어르신 느티나무여, 당신은 새벽부터 늦은 밤까지 바로 옆에서 내는 전철 오가는 소리나 발목 아래 대로에서 경적소리와 함께 매연 뿜으며 달려대는 자동차 소리를 피해 어딘가로 가 쉬고 싶은 생각은 없으신가. 사람이나 새에게 어깨가 되어주고 지팡이가 되어주는 대신 당신도 기대고 싶은 존재가 있지 않는가? 그 존재를 찾아 어딘가로 가고 싶지는 않으신가 말이다.

내가 뒷산 숲길이나 상록오색길을 찾아 머릿속에 있는 것들을 털어내고 새 기운을 얻어 오듯, 분주한 일상들을 피해 오롯이 자신을 만나고 오면서 새로운 힘을 가져오듯이 나무에게도 그런 장소가 필요하겠지만 조상 나무가 한자리에 서 있기로 한 삶을 선택했으니 느티나무여, 그대의 생각이 몹시도 궁금하다. 하지만 어르신은 지금 겨울잠을 자고 있다.

우리 인간들은 어딘가로 떠나기 위해 시간과 노동을 들여 돈을 번다. 고통이나 슬픔, 스트레스 등에 시달린 몸을 쉬어줄 장소를 찾아야 하기 때문이다. 그렇지 않으면 마음까지 병이 들어 일상이 힘들어진다. 100년을 살기도 어려운 삶이 힘들다고 아우성친다.

정원이 딸린 집에서 능력 있는 남편과 네 아이를 양육하며 사는 영국 중산층 가정의 수전 롤링스는 쌍둥이 막내가 초등학교에 들어가자 새로운 장소가 필요했다. 도리스 레싱의 소설《19호실로 가다》에 나오는 이야기다. 아이들이 모두 학교에 가는 쉰 살 언저리에서 다시 꽃 피울 모습을 꿈꿨지만 오히려 공허감에 휩싸이고 말았다. 임신을 하면서 직장을 그만둔 이래 아이들이 태어나고 양육하기까지 12년 동안 단 한 순간도 혼자인 적이 없었다.

수전은 아무에게도 알리지 않고 혼자 조용히 앉아 있을 장소를 찾아냈다. 작고 더럽고 조용한 호텔이었다. 그 시간이 얼마나 간절했는지 소설 속 문장이 이러하다.

그녀는 혼자였다.

그녀는 혼자였다.

그녀는 혼자였다.

자신을 짓누르던 압박이 사라지는 것이 느껴졌다.

'혼자였다'라는 문장이 세 번이나 반복될 정도이다. 수전은 아이들이 학교에 가고 나서 생긴 7시간을 호텔에 가서 썼다. 한 것이라고는 그저 안락의자에 앉아 눈을 감고 쉬다가 돌아오는 일이었다. 그러고 나면 다시 살아갈 힘이 생겼다. 파출부만 있었을 때는 일주일에 3일이었지만 입주 가정부를 구한 뒤에는 5일을 그렇게 보냈다. 그리하지 않으면 불안과 초조감에서 벗어날 수가 없었다.

《19호실로 가다》라는 제목만 보았을 때는 어느 작가가 글을 쓰기 위해 날마다 호텔에 가는 줄로만 알았다. 아니면 자신만의 시간을 즐기기 위해 누군가에게 아이들을 맡기고 고급 호텔에서 짧은 휴식을 즐기는 이야기라고 상상했다. 요즘 우리나라에 호캉스란 말이 유행할 정도이니 말이다. 그런데 작고 더러운 호텔로 가서 침대에도 눕지 않고 안락의자에 앉아 잠깐 눈을 붙이고 오는 것이라니.

수전이 익명의 이름으로 오롯이 혼자 있는 그 시간과 장소는 자아를 찾기 위한 처절한 몸부림이었다. 19호실의 방에 가서야 비로소 자신의 존재를 확인할 수 있었던 수전의 이야기가 과연 1960년대에만 국한된 이야기라고 할 수 있을까?

사람의 기술로 세상은 풍요로워지고 눈부시게 발전했다. 하지만 그럴수록 사람들의 마음속은 더 황량해지고 있다. 요즘 세컨드 하우스, 또는 자신만의 공간 만드는 일이 열풍이다. 모두가 숨구멍이다. '제주 한 달 살기' 역시 같은 맥락이다. 수전이 자신을 얽매는 자녀와 남편으로부터 도망치듯 19호실로 달려간 것처럼 현대인들 역시 자신을 옥죄고 있는 일이나 일상으로부터 달아나 혼자만의 시간이나 자유의 시간 갖기를 갈구한다. 나 역시 그런 공간을 열망하고 있지만 실현이 안 되고 있는 지금은 뒷산으로, 상록오색길로, 카페로 걸음하고 있다. '우리는 이러한데 어르신 느티나무여, 당신은 어떠한가요?'

신준환은 '자유는 도망가는 것의 반대'라고 한다. 우리는 자유를 찾아 밖으로 헤매다가 지쳐 돌아와 후회하는 경우가 많은데 진정한 자유는 마음을 고요히 모으고 자신을 자유롭게 놔두면서 안으로 마음을 모으는 것이란다.

> 나무가 자라듯이 환경에 얽매어 있으면서, 자유의 정기를 뿜어내는 것이야말로 자유로운 정신이다. 그래서 자유로운 정신은 자신의 몸에 안주하는 것이 아니라, 늘 새롭게 살면서 자신의 몸을 만드는 것이다. 아니 새롭고 자유로운 것이 몸이다.
>
> 신준환, 《다시, 나무를 보다》, 135쪽

나무는 옮겨 다니지 못하므로 온갖 어려움을 겪고도 늠름한 기상을 지니고 있기에 자유정신의 상징에 되기에 충분한 자격이 있다고 한다. 어르신 느티나무가 400년도 넘게 살아올 수 있었던 것은 결국 어디론가 떠나고 싶어 한 것이 아니라 한 자리에서 자신에게 몰입하는 것에서 오히려 자유와 편안함을 느끼고 있기 때문일지도 모르겠다.

어느 날 노을이 지고 있을 때 어르신 느티나무를 본 적이 있다. 그 늠름한 가지 사이로 노을이 앉자 나무가 보석처럼 빛났다. 넋이 나간 듯 한참을 쳐다보았다. 그때도 어르신이 말하는 것 같았다. 노을이 자신의 몸을 감싸줄 때 더없이 황홀하고, 달빛이 고즈넉하게 내려앉으면 편안함을 느끼고, 이른 아침 동이 터올 때 생동하는 힘을 얻는다고 말이다. 따라서 어디론가 떠날 수 없는 대신 가장 편안하고 자유로운 시간을 즐기는 것이 참 인생 아니겠냐고, 그것이 숨구멍이라고.

오늘도,
내일도 걸을 거예요

나는 오늘도 또 그림을 그려요.
내일도 그릴 거예요.
내년에도 그리고 싶어요.

김두엽, 《그림 그리는 할머니 김두엽니다》, 북로그컴퍼티

상록오색길을 걷기 시작한 지 1년이 넘었다. 아침 7시대에 나간 것은 이번이 처음인데 쿨 소재 옷을 입어 몸이 저절로 움츠러들었다. 주로 정오 전후에 나갔고, 지난번 걸은 것이 한 달 전이었기에 날씨 감각도 모르고 있었다. 7시 대도 내겐 버거운 일이지만 어젯밤만 해도 6시경에 나서려고 했다. 이렇게 일찍 나갔어도 차림은 그야말로 완전무장이었다.

나서기 전에 얼굴과 손, 팔에 선크림을 꼼꼼히 발랐다. 자외선 차단을 해주는 기능성 옷을 입고 햇빛가리개로 얼굴을 가리고 장갑을 꼈다. 챙이 넓은 모자를 쓰고도 암막 양산을 썼다. 이렇게까지 한 것은 급격히 심해진 햇빛 알레르기 때문이었다. 나로선 증명해낼 방법은 없지만 코로나 백신의 부작용임이 확실해 보였다. 이 정도로는 명함도 못 내미는 거라니 얼마나 많은 사람들이 심한 후유증들을 앓고 있는 것인지 모르겠다.

둘째를 출산하고 햇빛 알레르기가 생겼지만 증상은 미미했다. 그것도 햇빛이 강해지는 봄과 여름이 지나면 자연스레 사라지고, 발진은 팔과 목에 약간 있었었다. 그리고 밤에 나타났다가 아침이 되면 없어졌다. 자외선 차단 지수가 높지 않아도 선크림을 바르면 괜찮았다. 그래서 많은 신경이 쓰이는 일은 아니었다.

그런데 20일 전 오후 햇살과 마주하며 2시간 30분 정도 운전하고 난 밤에 생긴 발진이 아직도 사라지지 않고 있다. 발진 부위는 얼굴과 손등에서 팔꿈치, 그리고 목 안쪽은 물론 뒤까지로 늘어나고 넓어졌다. 증상도 심해져 부위가 벌겋고 많이 가렵다.

처음부터 백신을 의심한 것은 아니었다. 환경이 얼마나 더 많이 파괴되었기에 이리 자외선이 강해졌나, 몸의 면역력이 얼마나 떨어졌기에 심해졌나 했다. 그런데 원인을 검색하다 보니 일부 약제의 성분이나 여러 화학물질 등에 의해 햇빛에 민감한 피부가 되어서 그럴 수 있다는 것이었다. 뉴스에서도 코로나 후유증으로 전신염증증후군이 생기기도 한다는 내용을 전했다.

그러하니 4차까지 맞은 백신 접종을 의심하지 않을 수 없었다. 1차를 맞았을 때 별 증상이 없었기에 맞으라고 할 때마다 바로 신청해서 맞았는데 이런 일이 생길 줄은 미처 몰랐다. 맞는 말인지는 모르지만 부작용은 가장 약한 곳으로 오고, 1년 후에 많이 나타난다는 말도 들었다. 백신 덕분인지 주위 사람들까지 코로나에 걸릴 정도로 정점을 찍어도 나는 아직까지 괜찮다. 그런데 이런 큰 불편을 겪을 줄이야.

내가 박쥐나 올빼미가 아닌 이상 햇빛에 노출을 안 할 수는 없기에 한 번 생긴 발진은 쉬이 사라지지 않는다. 집에 있는 알로에 농축 크림도 바르고, 허브 오일을 발라보기도 했지만 약간의 변화 외에는 쉬이 사라지지 않았다.

한 쇼핑 사이트에 들어가 햇빛 알레르기라고 검색해 쿨 제품으로 된 얼굴 가리개, 토시, 장갑, 망토 등을 주문했다. 골프도 치지 않는 사람이 골프 칠 때 사용하는 용품들을 여러 개 샀다. 선크림도 차단지수가 가장 높은 것으로 다시 사고 암막 양산까지 장만해야 했다. 날마다 알로에 팩도 한다. 다리까지 햇빛 알레르기가 심한 어느 블로거가 추천한 편백 미스트를 사서 뿌려주니 많이 좋아졌다. 그리고 지인의 말을 듣고 어제부터 알로에 엑기스를 먹으면서 부위에 발라보았더니 발진이 바로 작아졌다.

흐린 날 한 시간 정도 운전하는데 팔을 걷었다가 여지없이 발진이 돋은 일이 있었다. 따라서 비가 오지 않는 한 햇빛 차단용품 챙기는 일이 중요한 일이 되어버렸다. 근본적으로 가장 중요한 것은 몸속에 있는 약제 성분을 빼내는 것이겠다. 그래서 뒷산 숲을 맨발로 열심히 걷고 있다. 일찍 못 일어나는 내가 평소보다 2시간 정도 일찍 일어나 자동적으로 숲으로 간다. 물론 숲에서도 양산을 쓴다. 그야말로 필사적이 된 요즘이다.

이런 사정으로 상록오색길에도 가장 이른 시간에 나섰다. 그리하여 어르신 느티나무도 가장 이른 시간에 만날 수 있었다. 무성해진 가지 사이로 언뜻 들어온 햇살에 반짝이던 어르신, 자신이 얼마나 멋진 풍채를 지녔는지 알고나 있을까? 할 수만 있다면 찍은 사진을 어르신에게 보여주고 싶었다. 푸르러진 잎들은 싱싱하고 강한 에너지를 듬뿍 뿜어내고 있었다. 한쪽 가지가 흔들리고 있어도 다른 가지는 고요한 것을 보니 마치 몇 개의 존재가 함께하는 것 같았다. 몸 일부에 생긴 발진으로 갖은 호들갑을 떨고 있는 나와는 사뭇 다른 모습이었다. 소인배와 대인배의 대비이다.

하지만 어르신에게도 내가 햇빛 알레르기로 힘들어하는 것처럼 크고 작은 일들을 많이 만났을 것이다. 가지가 부러지거나 다른 생물의 공격으로 상처가 생겨 거기에 곰팡이 습격을 받는 일들을 적지 않게 받았을 것이다. 400년도 넘는 세월 동안 얼마나 많은 일들이 일어났겠는가. 몸통만 봐도 나이 많은 사람처럼 축 늘어져 있고, 울퉁불퉁 튀어나와 있다. 수피에는 상처가 굳어 생긴 옹이가 많이 박혀 있다. 그러함에도 딱 벌어진 가지에 푸르른 잎사귀들을 촘촘히 달고 멋진 자태로 감동을 주고 있지 않는가.

덥지 않은 날에도 무의식중에 그늘을 먼저 찾게 되니 '빛살무늬'라는 블로그 닉네임이 무색해졌다. 햇빛은 희망, 축복, 생명, 기쁨 등의 또 다른 이름이다. 세상에 햇빛이 없다면 모든 생물체는 살아갈 수 없다. 긍정적이고 밝은 정서도 햇빛에서 얻는다. 나 역시 내가 가진 긍정적 요소를 남들과 나누고 싶은 마음에 '빛살'이라는 닉네임을 만들었다. 그런데 햇빛이 기피 대상 1호가 될 줄이야.

그 닉네임의 가치를 되찾기 위해 난 열심히 걸어야 한다.

나는 오늘도 또 그림을 그려요.

내일도 그릴 거예요.

내년에도 그리고 싶어요.

《그림 그리는 할머니 김두엽입니다》에 나오는 말이다. 83세에 혼자 그림을 그리기 시작해 화가가 되어 96세 된 김두엽 할머니는 그림이 좋아 날마다 그림을 그린다. 할머니가 그림을 날마다 그리듯 나는 걷고 걸어야 한다. 햇빛 알레르기 때문에 좋아하는 걷기가 방해받아선 안 된다. 난 월, 화, 수, 목, 금, 토, 일이라는 글자가 영어로 하나씩 새겨져 있는 커피잔이 세로로 탑을 쌓고 있는 그림엽서에 위의 문장을 써 가지고 나갔다. 날마다 커피 마시듯 날마다 걷겠다는 의지를 그 그림에 담고 싶었다. 발진이 나고 가려울수록 더 많이 걸어서 강한 피부로 만들고야 말겠다는 결심을 했다.

어르신 느티나무를 만나고 난 뒤 다른 날처럼 신발을 벗고 맨발로 걷기 시작했다. 물론 얼굴도 손도 가리고 양산까지 잘 받쳤다. 한 번도 쉬지 않고, 물도 한 모금 안 마시고, 3시간 가까이 걷고 어르신 곁으로 다시 돌아왔다. 숲에서 맨발로 걷다가 생긴 상처에 붙인 대일밴드가 떨어지고 통증이 남아 있어도 아랑곳하지 않고 걸었다.

그렇게 피부는 햇빛에 닿지 않도록 꽁꽁 싸매고 만반의 준비를 하고 나갔건만 볼은 벌써 붉어져 있었다. 시간이 지나면서 팔도 붉어지고 가렵기 시작했다. 발바닥은 얼얼하고 하품도 났다. 하지만 집에 돌아와 거울을 보았을 때 가슴속을 차고 오르는 기분을 이길 순 없었다.

그림을 배워본 적도 없는 김두엽 할머니가 어느 날 심심해서 사과 그림을 그렸다가 화가인 아들에게 칭찬을 들은 뒤 신이 나서 날마다 그렸다. 그리하여 전시도 하고, 방송에도 나오고, 책도 나오고, 갤러리도 생겼다. 박태환 선수는 어릴 때 기관지가 약해 수영을 시작했다가 뛰어난 체격은 물론 월드 스타로 성장했다.

나도 날마다 걸을 것이다. 어제도 걸었고, 오늘도 걸었으며 내일도 걸을 것이다. 오늘은 손가락과 발등에도 발진이 생겼다. 하지만 그런 방해는 오히려 의욕을 불러일으킨다. 결핍은 의지를 불태우기 마련이다.

햇빛 알레르기여, 나와 한 판 승부를 뜨자. 내가 피부 강자로 거듭날지 어떻게 알겠니?

(이런 노력 덕분인지 현재 나는 정말로 피부가 강해져 피부 알레르기가 완전히 사라졌다. 맨발걷기와 알로에 덕이 가장 크다는 생각이 든다. 그렇게 빨리 피부 강자가 될 줄 몰랐다).

딸들아,
내 마지막 길은 유쾌하게 보내주라

세상에 살아 있는 동안 새들에게 배우면 좋겠습니다.
어디에도 매이지 않는 그들의 자유로움을,
먹을 것도 꼭 필요한 양만 취하는 욕심 없음을,
그리고 먼 길도 기다렸다 함께 가는 우애와 의리를!

이해인, 《수녀 새》, 현북스

연일 이어지는 한파에 중무장을 했다. 발열 내복을 단단히 입고 다리에는 토시까지 했다. 바람 한 점 들어오지 못하게 만들어진 두꺼운 점퍼와 기모 바지에 털 장화를 신고 집을 나섰다. 그런데 막상 나서보니 생각만큼 춥지 않았다. 기분이 좋았다.

엽서 문장을 들고 상록오색길을 걷는 것은 거의 반년 만의 일이다. 하반기에 여러 건의 강의 요청이 있어 준비를 해야 했고, 8월 중순부터 시작한 숲해설가 교육 일정이 이제 끝났다. 숨 돌리려 하니 어느덧 해를 매듭짓는 지점이다. 어지러이 엉켜 있는 마음을 가지런히 빗질도 하고, 새해 맞을 준비도 하기에 딱 좋은 날이다.

사뿐사뿐 걷다 보니 어르신 느티나무 앞이다. 어르신의 얼짱 각도에서 엽서를 꺼내 앞면과 뒷면을 사진으로 남긴다. 파란 바탕에 국화 종류의 꽃이 반추상화로 그려져 있는 엽서가 오늘 나를 이끌 내용에 잘 맞는다고 생각돼 골랐다. 며칠 전 부산의 책방 백경 대표님이 인스타에 올린 피드를 보고 주문해서 받은 이해인 수녀님의 그림책《수녀 새》의 가장 뒤에 씌어 있는 수녀님 편지글에서 본 내용이다. 내년, 아니 앞으로 살아갈 삶의 태도에 대해 내가 추구하고자 하는 것을 그대로 아우르고 있었다.

세상에 살아 있는 동안 새들에게 배우면 좋겠습니다.
어디에도 매이지 않는 그들의 자유로움을,
먹을 것도 꼭 필요한 양만 취하는 욕심 없음을,
그리고 먼 길도 기다렸다 함께 가는 우애와 의리를!

"어르신 오랜만에 뵙습니다. 잘 계셨는지요? 아직 몸에 마른 잎들을 많이 달고 계시네요. 지금은 깊은 잠에 빠져 계시겠지요? 제가 써 온 내용은 새에 빗대어 쓴 이해인 수녀님 글인데 가만히 살펴보면 어르신 삶이 바로 이 삶이 아닐런지요?

점점 예측하기 힘들어지는 기후 변화나 주변 소음에도 가장 좋은 때를 가려 잎을 내고, 꽃을 피우고, 잎과 씨앗을 떨어트리고 난 뒤 휴식의 시간으로 스며들지요. 많은 꽃을 피우고 많은 씨앗을 맺는 것은 그 많은 것에서 나무로의 새 생명을 틔우는 것이 얼마 되지 않기 때문이지요.

많은 양을 새에게 나누어 주고요. 새처럼 어디론가 이동하지는 않지만 새를 품고, 햇살, 바람, 비, 그리고 사람까지도 품는 포용을 가지고 있으시지요. 방식은 다르지만 내용은 다르지 않습니다. 오늘 길을 걸으면서 저도 깊이 생각해보겠습니다."

길엔 아직 눈도 남아 있고 얼음도 있었다. 백합나무 높은 가지엔 튤립 닮은 씨들이 달려 눈길을 끌었다. 양버즘나무, 벚나무, 은행나무, 중국단풍나무 등 가지치기 당한 가지들이 숲에 누워 있었다. 나무들은 그렇게 사람의 손을 거쳐 한 해가 마무리되는가 했다.

엽서에 쓴 문장들을 곱씹으려 천천히 다시 읽었다. 마음을 닦고, 세우고, 다지기에 더없이 좋은 문장이다. 나는 내 촉을 많이 믿는 편인데,《수녀 새》를 산 것은 보지도 못한 그 문장이 나를 끌어당겼기 때문이 아닌가 생각했다.

내가 가장 중요하게 여기는 가치는 '자유'이다. 평소 '바람에 걸리지 않는 자유'라는 문장을 좋아한다. 누군가에게 통제당하지 않는 것도 자유이지만 내가 정의하는 자유는 하고 싶은 것을 하는 것이다. 내 본성을 거스르지 않으면서 마음속 깊은 곳에서 울려오는 내면의 소리를 따르는 삶을 사는 것이다. 누군가의 고양이로 살다가 죽으면 다시 태어나기를 100만 번이나 한 고양이가 길고양이가 되어 사랑하는 고양이를 만나 살다가 죽은 뒤에는 다시 태어나지 않았다는《100만 번 산 고양이》를 인생그림책으로 꼽는 것도 같은 맥락이라 할 수 있다.

지난달 장례식장 입관실에 누워 있는 엄마를 보았을 때 내 속에서는 뜨거운 것이 올라왔다. 어차피 우리는 언젠가 한 번은 헤어져야 하는데 왜 그리 이별이 힘든 것일까? 나름의 이유가 다 있을 터, 누군가는 평균 수명보다 너무 일찍 떠나서, 사고를 당해서, 고통스런 투병 끝에 떠나서, 너무 사랑해서 등 때문일 것이다.

내 어머니는 누군가 빨대로 쭉 빨기라도 한 듯 뼈만 남아 있었다. 마련 체형이었던 엄마는 5년 반 정도 요양병원에 있으면서 점점 말라갔다. 더구나 코로나19로 면회조차 힘든 날들을 지내야 했고, 마지막 길마저 외롭고 쓸쓸히 떠나야 했다. 가장 내 속을 쓰리게 한 것은 한 인간으로서 자신의 삶을 살지 못했기 때문이다. 바로 그 '자유'가 무엇인지 모르는 삶을 평생 살았다.

엄마와 내가 같은 공간과 시간대에 있었어도 시대가 가른 삶은 엄연히 달랐다. 엄마의 고단한 삶은 다섯 자녀들이 지켜보는 그 자리에서 비로소 끝이 났다. 92살 엄마를 떠나보내는 자리가 덜 슬플 수는 없을까? 이 생각은 내 죽음으로 이어졌다. 딸들이 덜 슬프게 보내줬으면 좋겠다는, 아니 유쾌하게 보내주면 좋겠다. 입관실에서 나온 뒤 나는 딸들에게 말했다.

"만약 엄마가 90살이 넘어 죽으면 울지 마라. 유쾌하게 보내 줘. 엄마는 앞으로 건강 잘 챙기고, 엄마가 하고 싶은 거 하면서 살 테니 엄마가 죽거든 너무 슬퍼하지 마. '우리 엄마는 정말로 즐거운 소풍 끝내고 하늘로 갔다'고 생각해."

'어디에도 얽매이지 않는 자유로움'은 곧 내면의 소리대로 사는 것이고 나답게 사는 일이다. 하고 싶은 일을 앞두고 고민이 될 때는 엄마의 장례식을 떠올릴 것이다. 그리고 내 딸들도 떠올릴 것이다. 그러기 위해서 염두에 두어야 할 것은 프랑스 철학자 피에르 상소가 말한 "시간을 급하게 다루지 않고, 시간의 재촉에 떠밀리지 않으면서 나 자신을 잃어버리지 않는" 것이다. 그것이 건강을 잃지 않는 방법이며 행복하게 사는 길이다. 장수의 비결이기도 하다.

물리적으로 긴 삶을 사는 것이 절대 장수가 아니다. 현재의 시간을 깊게 느끼며 사는 것이 진정으로 오래 사는 비결이라는 걸 최근 깨달았다. 입관실에서 딸들이 "우리 엄마는 정말 행복하게 살았어."라는 생각이 들면 덜 슬플 것이다. 90살 이전에 죽더라도 말이다.

'먹을 것도 꼭 필요한 양만 취하는 욕심 없음'을 내 말로 번역하면 '비움'이다. 물론 꼭 필요한 것 외에 무언가를 들이는 것을 경계해야 한다. 그러나 지금으로서 절실한 것은 집 안에 있는 물건들을 정리하는 것이다. 내년엔 정리하면서 살겠다고 다짐하고 있던 차다. 특히 책과 옷을 정리해야 한다.

이에 못지않게 마음 욕심도 챙겨야 한다. 물건 살 때도 시간을 늦추고 여러 번 생각한 뒤 결정을 해야겠지만 어떤 일을 벌일 때도 왜 해야 하는지의 이유와 그 뒤에 숨겨진 맑지 않은 마음이 또아리를 틀고 있는지 살펴봐야 한다. 내가 꼭 해야 하는지, 내게 어울리는 일인지, 다른 사람들에게 도움이 되는 것인지 등을 구체적으로 따져 볼 것이다.

'함께 가는 우애와 의리'는 이웃을 돌아보는 삶이다. 나이 50이 넘으면 그동안 사회에서 받은 것을 돌려줘야 한다고 생각해왔다. 일일이 열거하기는 부끄러운 일이기에 생략하지만 내가 무얼 할 수 있는지 생각을 하고 그것을 실행할 수 있어야 한다. 거창한 것이 아닌 소소한 것에도 큰 가치가 있다. 좋은 말 한마디 건네고 누군가에게 용기를 주는 말을 해주는 것도 더불어 사는 삶의 방식이다. 숲에 있는 나무에게 관심을 가지고 감사한 마음을 갖는 것도 그러하다. 작은 것들이 이어지고 쌓이다 보면 무엇으로 변할지 알 수 없다.

돌아올 때엔 점퍼의 지퍼를 내리기도 했다. 새해의 나를 닦고, 세우고, 단단하게 뿌리내리게 할 문장들을 품었더니 몸에서 열이라도 났을까? 한 살 더 먹는다 해도 새해가 기대되고 기다려진다. 한 뼘 두 뼘 성장시켜 줄 문장을 만나게 해주신 수녀님에게 감사한 마음 가득 실어드린다.

맺는 글

정혜윤은 《슬픈 세상의 기쁜 말》에서 "자신의 단어를 찾으려면 마음의 변화가 필요하다."고 한다. 늘 보던 대로 자신을 보고, 늘 하던 이야기만 해서는 단어를 잘 찾아낼 수도, 설령 찾았다 해도 말할 방법을 알아내기가 쉽지 않다는 것이다. 그렇게 본다면, 안에서 읽은 것 가운데 더 많이 생각하고, 더 많이 기억하여 내 삶의 구성원으로 만들고자 문장을 뽑아서 밖으로 들고 나간 것은 참으로 잘한 일이 아닐 수 없다.

엽서에 써서 들고 나간 것은, 분명 읽을 때는 좋아서 밑줄도 긋고, 노트에 적어놓기도 하는데 바로 다음 읽을 책으로 넘어가면서 어디론가 흩어져서 사라지는 경험을 많이 했기 때문이다. 길을 걸으면서 여러 번 읽고 음미해서 문장이 머리에서

발로 내려갔다가 가슴으로 올라오는 순서를 거치게 하려 했다. 가슴으로 들어온 문장들은 혈액을 타고 몸 어딘가로 흘러가서 앉아 있다가 필요한 순간이 되면 다시 나타나주리라는 기대를 한다.

길을 걷는다는 것은 삶의 속도를 늦추고 나를 들여다보는 일이다. 고려시대 보우 스님은 "고요하면 천 가지가 나타나고, 움직이면 한 물건도 없다."라고 했다. 혼자서 문장을 품고 걸으면 내면이 고요해진다. 불을 끄고 난 뒤 점차 어둠 속에서 하나둘 사물이 나타나는 것처럼 지금 내가 어디를 향해 가고 있는지, 어디쯤 가고 있는지, 어떻게 살면 좋을지 알려주었다. 그 속에서 나의 문장, 나의 단어가 탄생한다. 그것들은 나를 세우고, 닦고, 단단한 뿌리를 내리게 할 내면의 나무였다.

나무들이 싹이 터 뿌리를 내리는 동안은 키나 몸통을 키우지 않는 시기를 거치듯 그 문장과 단어들도 내 몸 안에 뿌리를 내리고 있는 중일 게다. 점차 시간이 지나면서 잎을 틔우고, 꽃을 피우고, 열매도 맺지 않을까?

지금도 여전히 만나고 앞으로도 만날 것이지만, 길 위로 나섰을 때마다 가장 먼저 나를 반갑게 맞아주고, 내 말에 귀 기울여주고, 다정하고 따스한 말을 건네주는 어르신 느티나무에게 감사의 말을 전해드린다(정말로 나는 느티나무에게 늘 경어를 썼다). 어르신 느티나무 앞에 설 때마다 닮고자 하는 마음은 변함이 없다. 2년 넘게 걸으면서 나와 내 삶을 성찰할 수 있게 하고, 자연의 아름다움을 가까이 할 수 있도록 한 상록오색길을 만들어준 안산시에도 깊은 감사의 마음을 전한다.

어르신 느티나무가 있어 상록오색길은 더욱 아름답다. 덕분에 내 삶도 조금씩 마디를 키워나가고 있다.

산책자와 함께한 책

책

- 《19호실로 가다》, 도리스 레싱, 문예출판사, 2018
- 《가문비나무의 노래》, 마틴 슐레스케, 니케북스, 2014
- 《그림 그리는 할머니 김두엽니다》, 김두엽, 북로그컴퍼티, 2021
- 《그리움의 문장들》, 림태주, 행성B, 2021
- 《그림책에 마음을 묻다》, 최혜진, 북라이프, 2017
- 《그림책의 힘》, 가와이 하야오, 마고북스, 2003
- 《나는 나무에게 인생을 배웠다》, 우종영, 메이븐
- 《나이의 비밀》, 스벤 퓐펠, 청미, 2021
- 《남겨둘 시간이 없습니다》, 어슐러 K. 르 귄, 2019
- 《녹턴》, 가즈오 이시구로, 민음사, 2010
- 《다시, 나무를 보다》, 신준환, RHK, 2014

- 《담론》, 신영복, 돌베개, 2015
- 《밀리언의 법칙》, 우에키 노부타카, 더난출판사, 2021
- 《빵과 수프, 고양이와 함께 하기 좋은 날》, 무레 요코, 북포레스트, 2020
- 《비로소 만나다》, 김건숙, 바이북스, 2021
- 《슬픈 세상의 기쁜 말》, 정혜윤, 위고, 2021
- 《시를 읽는다》, 박완서, 작가정신, 2022
- 《아내의 시간》, 이안수, 남해의봄날, 2021
- 《아침의 피아노》, 김진영, 한겨레출판, 2018
- 《여름은 오래 그곳에 남아》, 마쓰이에 마사시, 비채, 2022
- 《오늘은 두부 내일은 당근 수프》, 고이데 미키, 바오로딸, 2022
- 《완벽한 날들》, 메리 올리버, 마음산책, 2013
- 《우는 법을 잊었다》, 오치아이 게이코, 한길사, 2018
- 《체리토마토파이》, 베로니크 드 뷔르, 청미, 2019
- 《풍경과 상처》, 김훈, 문학동네, 2009
- 《행복의 건축》, 알랭 드 보통, 청미래, 2011
- 《행복은 주름살이 없다》, 안가엘 위용, 청미, 2021

그림책

- 《100만 번 산 고양이》, 사노 요코, 비룡소, 2002
- 《나는 고양이라고!》, 사노 요코, 시공주니어, 2004
- 《나는 화성 탐사 로봇 오퍼튜니티입니다》, 이현 글, 최경식 그림, 만만한책방, 2019
- 《다시 시작하는 너에게》, 유모토 가즈미로 글, 하나 고시로 그림, 북뱅크, 2021
- 《달에 간 나팔꽃》, 이장미, 글로연, 2020
- 《봄의 초대》, 나현정, 글로연, 2022
- 《비밀의 방》, 유리 슐레비츠, 시공주니어, 2006
- 《수녀 새》, 이해인, 현북스, 2021
- 《이 색 다 바나나》, 제이스 폴포드 글, 타마라 숍신 그림, 봄볕, 2022